ANNO DOMINI

Das christliche Jahrbuch

Anno Domini

Das christliche Jahrbuch

2022

30. Jahrgang

Agentur des Rauhen Hauses Hamburg

Begründet von Hans-Heinrich Holm †
Herausgeber: Robert Huefner

Gedruckt in Deutschland
ISBN 978-3-7600-6030-9
Best.-Nr. 16030-9

Inhalt

Jesus Christus spricht:
Wer zu mir kommt,
den werde ich nicht abweisen.

Johannesevangelium 6,37

Gedanken zur Jahreslosung 2022

Bunt, abwechslungsreich, mit geschwungener Linie. Diese Kirche zieht mich an. Doch nicht sie ist das Ziel, sondern Gott, der sich in ihr spiegelt – so wie die Fenster der Kirche das Blau des Himmels aufnehmen und damit in aller Farbigkeit dazu einladen, dem Schöpfer des Universums zu begegnen.

Ich denke an eine Frau. Ihr Weg zu Gott führte nicht zu einer Kirche, sondern an einen Brunnen, den Jakobsbrunnen. Sie war mit sich allein, sprachlos, auf der Suche nach mehr. Ein Leben lang hatte sie nach Liebe und Geborgenheit gesucht. Fünf Männer konnten ihr nicht geben, was sie brauchte. Offensichtlich ging ihre Sehnsucht über das Menschliche hinaus. Nun schlich sie in der Mittagshitze zum Wasserholen. Jesus erwartete sie am Brunnen. Sie kam zu ihm, doch eigentlich hatte er sich zu ihr aufgemacht. So wie die Kirche in unserem Bild die Gegenwart des Gottes widerspiegelt, der sich nicht versteckt, sondern finden lässt, so begegnen wir in Jesus dem freundlichen Angesicht Gottes. Er weist die Frau in ihrer Hoffnungslosigkeit, in der Spannung ihres Lebens nicht ab, sondern begegnet ihrer Sehnsucht. Das bedeutet es, nach Hause zu kommen. Dafür steht Jesus mit seinen ausgebreiteten Armen bis zum Kreuz. Hier gibt es einen Neuanfang für Menschen, die sich von Gott und sich selbst entfremdet haben. Diese bedingungslose Liebe Gottes lässt heute in der Kirche das Licht angehen, schenkt ihr Bewegung und Freude.

Vincent van Gogh hat in den letzten zwei Wochen seines Lebens die Kirche seines damaligen Wohnorts Auvers gemalt. Bunt wie ein Regenbogen lädt sie ein: Wer zu Jesus Christus kommt, der wird nicht abgewiesen!

Hartmuth Wahnung

Januar

Sei nicht ferne von mir,
denn Angst ist nahe;
denn es ist hier kein Helfer.

Psalm 22,12

Am Anfang das Wasser

Zum Jahresthema in diesem Buch

Alles beginnt mit dem Wasser, und überall ist Wasser. Es steht am Anfang des Lebens, am Anfang unserer Welt. Darin sind sich die alten Schöpfungsmythen und die moderne Wissenschaft überraschend einig.

„Am Anfang schuf Gott Himmel und Erde. Und die Erde war wüst und leer, und Finsternis lag auf der Tiefe; und der Geist Gottes schwebte über dem Wasser", lauten die ersten Zeilen der Bibel (1. Mose 1.2). Das Wasser, die Urflut, ist schon da, bevor Gott zu „sprechen" beginnt und im Ur-Chaos eine kosmische Ordnung schafft – eine Vorstellung, die sich in Variationen auch in den Weltentstehungsmythen vieler anderer Völker wiederfindet.

Als Erstes macht Gott das Licht, Tag und Nacht und damit die Zeit. Doch dann geht es gleich wieder mit dem Wasser weiter – allerdings so rätselhaft, dass die Passage in Kinderbibeln regelmäßig unterschlagen wird: „Und Gott sprach: Es werde eine Feste zwischen den Wassern, die da scheide zwischen den Wassern. Da machte Gott die Feste und schied das Wasser unter der Feste von dem Wasser über der Feste. Und es geschah so. Und Gott nannte die Feste Himmel." Zugrunde liegt ein Bild von der Welt, das die Israeliten aus dem Babylonischen Exil mitgebracht hatten: Die „Feste" ist ein kuppelartiges Himmelsgewölbe, eine Art Käseglocke; wenn sich die Schleusen des Himmels öffnen, regnet es. Mithin ist unsere Welt umfasst von Wasser, oben und unten. Bis hierher ist die Schöpfung eine reine Wasserwelt. Erst im neunten Vers, am dritten Tag, erscheint das Trockene, die Erde.

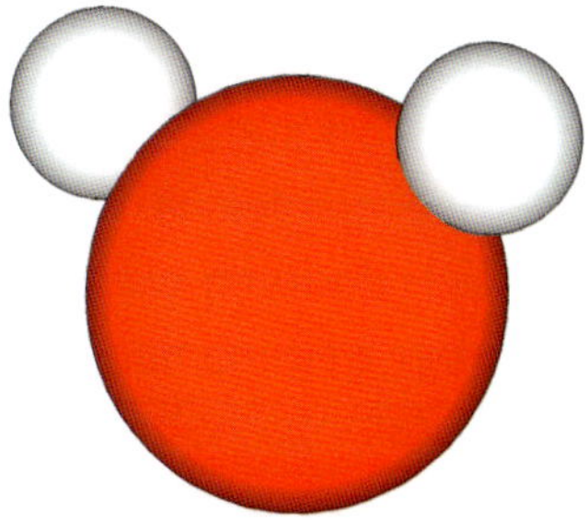

Das Wassermolekül sieht im Modell etwa so aus wie eine Mickymaus. Wäre es anders, wäre unsere Welt nicht dieselbe

Mit Wassergeschichten geht es weiter: Im Paradies entspringen vier Flüsse; die Sintflut gilt als Inbild der lebensbedrohlichen Kraft des Wassers, und selbst der versöhnende Regenbogen ist, wie wir heute wissen, ein Wasserphänomen, wenn sich das Sonnenlicht in Regentropfen bricht. Als das Volk Israel durch das geteilte Rote Meer flieht, sind die Fluten zugleich lebensrettend und zerstörerisch. Macht über das Wasser ist höchste Macht – Jesus läuft über das Wasser und bedroht das Meer.

Wasser ist voller Widersprüche. In allen Weltreligionen ist es Symbol für Leben und Fruchtbarkeit, aber auch für Chaos und Zerstörung. Es fließt – und es trägt. Es ist nicht greifbar – und doch „höhlt es den Stein". Das Wassermolekül H_2O besteht aus nur drei Atomen und hat doch ganz besondere Eigenschaften, die in seinem speziellen Aufbau begründet sind: Sauerstoff und Wasserstoff stehen im Winkel zueinander, die Moleküle haben daher zwei ungleiche Enden (fachlich „Dipol" genannt) und benehmen sich dadurch wie winzige Magnete, die einander anziehen, dabei aber gegeneinander beweglich bleiben. Ohne diesen verstärkten Zusammenhalt würden sich die kleinen, leichten Wassermoleküle bei Erwärmung nicht erst bei hundert Grad, sondern schon weit unter Zimmertemperatur als Dampf auf und davon machen – und unsere Welt wäre eine andere. So aber ist H_2O die einzige chemische Verbindung, die unter natürlichen Bedingungen, im Erfahrungsraum des Menschen, flüssig, fest und gasförmig vorkommt. Wasser begegnet uns als Regen und Gewässer, als Eis und Schnee, als Nebel und Dampf.

Das Wasser macht die Erde zum Blauen Planeten. Zu fast drei Vierteln ist sie von Wasser bedeckt. Aus dem Wasser kam das Leben, und wir beginnen unser Leben schwimmend im Mutterleib. Alles beginnt mit dem Wasser.

Reinhard Jensen

Das Haupt in Sonnenstrahlen

Geistliche Zurüstung zum neuen Jahr

Was unsichtbar und geistig ist, das nur ist fest und ewig. Und derart sind auch die rechten Schätze, die der Rost nicht frisst. Und die sammelt der Glaube.

Aber Glaube ist in der gelehrten Welt ein unbekanntes Ding. Er existiert nicht in abstracto, und wo er in die Hand genommen wird, um besehen zu werden, da gebiert er nichts als Hader und Zank. Wo er aber in seinem natürlichen Acker, in einem Menschenherzen, wohnet und wurzelt, da zeigt er wohl, was er ist.

Was wird es denn sein mit einem, der ewigen, unzergänglichen Dingen vertraut, der an einen allgegenwärtigen, souveränen Tröster, einen Stiller allen Haders glaubt und eines neuen Himmels und einer neuen Erde wartet? Der wird auf dieser Erde den Fuß in Ungewittern und das Haupt in Sonnenstrahlen haben, wird hier unverlegen und immer größer sein, als was ihm begegnet. Der hat immer genug, vergibt und vergisst, liebt seine Feinde und segnet, die ihm fluchen; denn er trägt in diesem Glauben die bess're Welt.

Man kann unseren Körper als ein Gradierhaus ansehen, wo das wilde Wasser von dem guten geschieden werden soll. Es ist nur Einer, der dazu helfen kann, und dem sei Ehre in Ewigkeit.

Matthias Claudius

Kleider machen Leute

Vor 100 Jahren starb der Hauptmann von Köpenick

„Ein als Hauptmann verkleideter Mensch führte gestern eine von Tegel kommende Abteilung Soldaten nach dem Köpenicker Rathaus, ließ den Bürgermeister verhaften, beraubte die Gemeindekasse und fuhr in einer Droschke davon." Es reicht der dürre Wortlaut dieser Zeitungsnotiz vom 17. Oktober 1906, und alle wissen Bescheid. Wobei unser Bescheidwissen in erster Linie von Zuckmayers weltbekanntem Theaterstück „Der Hauptmann von Köpenick" herrührt – und uns sogleich Heinz Rühmann vor Augen tritt, der in der Verfilmung von 1956 die Titelrolle spielte.

Voigt bei seiner Entlassung aus der Haftanstalt Tegel. Nun verdiente der Hauptmann von Köpenick gutes Geld, indem er sich selbst spielte

Zuckmayers tragikomischer Opfer-Rebell Voigt hat mit seinem realen Vorbild nicht allzu viel Ähnlichkeit. Friedrich Wilhelm Voigt war Gelegenheitsganove, der schon etliche Jahre seines Lebens hinter Gittern verbracht hatte, bevor er einem folgenschweren Gerücht aufsaß: Im Panzerschrank des Köpenicker Rathauses seien zwei Millionen Reichsmark gebunkert. Doch trotz seiner kriminellen Laufbahn wird man Voigt heute einiges Wohlwollen entgegenbringen, denn die wilhelminische Ehrfurcht vor Uniformen, die das Husarenstück erst ermöglicht hat, genießt noch weniger Sympathie. Der falsche Hauptmann erbeutete rund 3500 Reichsmark, wurde verpfiffen und landete ein weiteres Mal im Gefängnis. Nun aber sorgten während seiner Haftzeit Theaterstücke, Revues, Filme und Bücher dafür, dass sein unerhörter Coup nicht in Vergessenheit geriet.

1908 begnadigt, fand Voigt sogleich Aufnahme im Wachsfigurenkabinett „Castans Panoptikum" Unter den Linden. Er schrieb seine Autobiografie, verkaufte signierte Fotos (in Zivil und in Uniform), füllte Zirkuszelte mit Auftritten. Und wurde wieder und wieder kontrolliert oder gleich festgenommen. Die Uniformfetischisten mochten es nicht leiden, ständig an die peinlichen Vorgänge von 1906 erinnert zu werden. 1910 erlangte Voigt (ganz legal) einen luxemburgischen Pass, erwarb mit seinen Tantiemen ein Automobil und ein Haus und hatte fortan Ruhe vor der deutschen Polizei. Dann aber kamen der Krieg und die Inflation. Wilhelm Voigt verlor sein ganzes Vermögen und starb bitterarm am 3. Januar 1922 im Alter von 72 Jahren.

Man hätte ihn vermutlich glatt vergessen, wäre da nicht Carl Zuckmayer gewesen. 1931 und damit 25 Jahre nach den wahren Ereignissen feierte sein Theaterstück wahre Triumphe. Kurz darauf wurde es verboten – von einer neuen Generation von Uniformfetischisten. Erst 1945 kam „Der Hauptmann von Köpenick" wieder auf die Bühne.

Sabeth Klinkhammer

Königsweg zu Gott

Zum Fest der Erscheinung des Herrn am 6. Januar

In den evangelischen Kirchen heißt der 6. Januar Epiphanias, griechisch für Erscheinung. Gefeiert wird an diesem Tag die Offenbarung der Göttlichkeit Jesu Christi. Jesu Geburt, seine Taufe, sein erstes Wunder (zu Kana), die Mission, mit der das „Licht der Welt“ verbreitet wird – thematisch vertiefen Epiphanias und die Sonntage „nach Epiphanias“ in verschiedenen Facetten das Erscheinen Gottes im Menschen Jesus.

Die katholische Tradition erzählt am 6. Januar von den drei Königen, die ganz standesgemäß nach ihresgleichen suchen: „Wo ist der neugeborene König der Juden? Wir haben seinen Stern aufgehen sehen und sind gekommen, ihn anzubeten“ (Matthäusevangelium 2,2). König Herodes hält sie hin und berät sich erst einmal mit seinen Hohepriestern. Den Fremden versucht er weiszumachen, dass er gern wüsste, wo das Neugeborene zu finden sei, weil auch er es anbeten wolle. Doch die sind durch einen Traum gewarnt und kehren auf einem anderen Weg dorthin zurück, wo sie herkamen.

Mit Gold, Weihrauch und Myrrhe bringen sie wahrhaft königliche Geschenke. Deshalb hat die christliche Tradition in ihnen Könige und hohe Vertreter der drei damals bekannten Erdteile Europa, Asien und Afrika sehen wollen. Diese Deutung hatte allerdings eine unselige Kehrseite: Aus dem demütigen Kniefall der Andersgläubigen vor dem Gottessohn leitete das Christentum allzu lange die eigene Überlegenheit ab. Das ist dem Dialog der Religionen wahrlich nicht gut bekommen. Für eine zeitgemäße Lesart plädierte vor einigen Jahren Heribert Prantl von der „Süddeutschen Zeitung“: Die drei Könige sah er als Repräsentanten der drei großen monotheistischen Religionen – Judentum, Christentum und Islam –, die gemeinsam aufbrechen, um Gott zu suchen. Nicht in Konkurrenz zueinander, sondern im Gespräch miteinander – das wäre so etwas wie der (Drei-)Königsweg hin zu Gott.

Günter Helle

Gentile da Fabriano, „Anbetung der Könige“, eine Auftragsarbeit für den Florentiner Bankier Palla Strozzi für die Familienkapelle in Sta. Trinità in Florenz, Temperafarbe auf Holz, um 1423

Im Reich der Interpunktionen

Zum 150. Geburtstag des „Duden“

Im Reich der Interpunktionen
nicht fürder goldner Friede prunkt:
Die Semikolons werden Drohnen
genannt von Beistrich und von Punkt.
Es bildet sich zur selben Stund
ein Antisemikolonbund.
Die einzigen, die stumm entweichen
(wie immer), sind die Fragezeichen.
Die Semikolons, die sehr jammern,
umstellt man mit geschwungnen Klammern
und setzt die so gefangnen Wesen
noch obendrein in Parenthesen.
Das Minuszeichen naht, und – schwapp!
da zieht es sie vom Leben ab.

1872 veröffentlichte Konrad Duden „Die deutsche Rechtschreibung. Abhandlung, Regeln und Wörterverzeichniß mit etymologischen Angaben. Für die oberen Klassen höherer Lehranstalten und zur Selbstbelehrung für Gebildete“. Seither begleitet uns „der Duden“ durch die Zeiten

Kopfschüttelnd blicken auf die Leichen
die heimgekehrten Fragezeichen.
Doch wehe! neuer Kampf sich schürzt:
Gedankenstrich auf Komma stürzt –
und fährt ihm schneidend durch den Hals,
bis dieser gleich- und ebenfalls
(wie jener mörderisch bezweckt)
als Strichpunkt das Gefild bedeckt! ...

Stumm trägt man auf den Totengarten
die Semikolons beider Arten.
Was übrig von Gedankenstrichen,
kommt schwarz und schweigsam nachgeschlichen.
Das Ausrufszeichen hält die Predigt;
das Kolon dient ihm als Adjunkt.
Dann, jeder Kommaform entledigt
stapft heimwärts man, Strich, Punkt, Strich, Punkt ...

Christian Morgenstern

Februar

Ihr Lieben, lasst uns
einander lieb haben;
denn die Liebe
ist von Gott.

1. Johannesbrief 4,7

Alles im Fluss

Strömendes Wasser

Flüsse und Ströme sind von jeher Schicksalsbegleiter der Menschheit. An großen Flüssen wie Euphrat und Tigris, Ganges, Nil und dem Gelben Fluss in China entwickelten sich die Hochkulturen der Alten Welt.

Schon immer mussten sich die Menschen mit den zwei gegensätzlichen Kräften der Flüsse auseinandersetzen: Als Wasserspender sind sie Grundlage für Wachstum und Fruchtbarkeit, sie sind Lebensadern als Reise- und Handelswege – bringen aber auch Zerstörung und Tod, können mitreißen, ertränken, überfluten. Zwischen Abhängigkeit und Ausgeliefertsein sah man in den Flüssen göttliche Wesen.

Betrachtet man den Fluss in seiner Gesamtheit, dann stellt sich auch heute noch das Gefühl ein, man habe es nicht mit „etwas" zu tun, sondern mit „jemandem", einer Persönlichkeit, denn im Flusslauf lässt sich ein Lebensweg nachzeichnen. Er wird in der Quelle „geboren", plätschert als munteres Bächlein verspielt vor sich hin, wächst heran, bringt wechselvolle Wege hinter sich – mit Wasserfällen, Stromschnellen, sumpfigen Ebenen –, teilt seinen Lauf mit einmündenden Flüssen, wird zum ruhig fließenden Strom, der sich schließlich im Meer verliert, nicht mehr er selbst und doch nicht vergangen: ein trostreiches Bild.

Strömendes Wasser zwischen zwei Ufern, das ist ein Fluss – wären die Ufer nicht, wäre es keiner, stünde das Wasser still, auch nicht. Der Fluss definiert sich somit aus dem Beständigen und dem Wandel zugleich – ein Widerspruch, der dem Menschen seit Jahrtausenden zu denken gibt.

„Panta rhei" – „alles fließt": Diese Worte werden dem Philosophen Heraklit zugeschrieben, ebenso wie der berühmte Satz: „Niemand steigt zweimal in denselben Fluss." Tatsächlich sind es später formulierte, formelhafte Interpretationen seiner Betrachtungen. Keiner steigt zweimal in denselben Fluss? Eine verwirrende Aussage, denn natürlich kann ich heute und morgen die Füße in, sagen wir, die Wupper stecken. Aber: Das Wasser ist heute nicht mehr dasselbe wie gestern. Und genau genommen bin auch ich nicht der- oder dieselbe wie gestern. Alles fließt. Goethe zitiert diesen Gedanken in seinem Gedicht „Dauer im Wechsel": „Gleich mit jedem Regengusse / Ändert sich dein holdes Tal, / Ach, und in dem selben Flusse / Schwimmst du nicht zum zweitenmal."

Alles fließt: Ist das nun ein verheißungsvoller Gedanke oder eher ein bedrohlicher? Auf alle Fälle ein fordernder. Wenn alles immerzu im Fluss ist, in Bewegung und Entwicklung – wie soll ich dann Halt und Orientierung finden, mit den Füßen auf festem Boden stehen? Halt im Glauben, im Gotteswort? Beim ehrlichen Hinsehen wird der Bibelleser entdecken, dass auch hier außer den Gesetzestafeln nichts in Stein gehauen ist, sondern alles in Bewegung und Entwicklung – im Fluss.

Sich einfinden im ewigen Fließen – das ist auch ein Reifungsprozess. Hermann Hesses Siddhartha irrt ziellos umher, bis er am Ufer eines Flusses Ruhe findet: „Er sah: das Wasser lief und lief, immerzu lief es, und war doch immer da, war immer und allzeit dasselbe und doch jeden Augenblick neu!" Der Fluss lehrt ihn „das Zuhören, das Lauschen mit stillem Herzen, mit wartender geöffneter Seele, ohne Leidenschaft, ohne Wunsch, ohne Urteil, ohne Meinung" – heute würde man sagen: die meditative Versenkung, bei der sich dem Lauschenden die große Einheit von allem mit allem erschließt.

In der Längsrichtung gesehen ist der Fluss im Vorwärtsströmen, praktisch gesehen, ein Verkehrsweg und damit eine Verbindung, in Querrichtung hingegen ein Hindernis. Das Problem kennen wir heute fast nur noch in Gestalt von lästigen Umwegen bis zur nächsten Brücke, doch an manchen Grenzverläufen lässt es sich noch ablesen: In der Vergangenheit waren Flüsse viel mehr auch Barrieren, das andere Ufer so nah und doch so fern jenseits der unüberwindlichen Wassermasse

Der Heilige Christophorus vom Flügelaltar „Die Perle von Brabant" von Dierick Bouts, Öl auf Holz, 1467/68 (Ausschnitt)

Otto Brausewetter, „Die Barke des Charon", Öl auf Leinwand, vor 1904 (Ausschnitt)

mit unberechenbaren Strudeln und Strömungen. In der Christophorus-Legende wird dieses Motiv aufgegriffen. Es gibt zahllose Darstellungen des Riesen mit Stab, der mit dem Jesuskind auf den Schultern einen Fluss durchwatet. Von hüben nach drüben: Damit wurde er zum Schutzpatron der Reisenden.

Die Überquerung eines Flusses ist eine Grenzüberschreitung, bis hin zur letzten Grenze: der zwischen Diesseits und Jenseits. In der griechischen Sagenwelt bildet der Fluss Styx die Grenze zum Totenreich, dem Hades; vom Fährmann Charon werden die Toten hinübergeschifft, weshalb man ihnen für die Bezahlung der Überfahrt eine Münze (Obolus) unter die Zunge legte. In der christlichen Tradition findet sich ein ganz ähnliches Bild im Fluss Jordan, geläufig in der saloppen Redensart „über den Jordan gehen". Im Gospellied scheint der Hintergrund auf: „Jordan River is deep and wide, Hallelujah! / Milk and honey on the other side, Hallelujah!" – der Jordan ist tief und breit, aber auf der anderen Seite warten Milch und Honig. Gott spricht zu Josua: „Mein Knecht Mose ist gestorben; so mach dich nun auf und zieh über den Jordan, du und dies ganze Volk." (Josua 1,2) Aus christlicher Sicht liegt jenseits des Flusses nicht der finstere Hades, sondern das Gelobte Land.

Reinhard Jensen

Ungelöste Aufgaben

Ein modernes Märchen

Eine kluge Prinzessin wurde von einem beschränkten, aber sehr mächtigen König geliebt und schenkte seinen Werbungen kein Gehör. Als er immer dringender und infolgedessen immer lästiger wurde, beschloss sie, ihn für immer aus ihrer Nähe zu entfernen. Dies musste jedoch in Güte geschehen, denn die Feindschaft des starken Nachbarn wollte die Prinzessin ihrem Lande nicht zuziehen.

So sprach sie denn eines Tages zu ihm: „Deine Treue hat mich gerührt, und ich will sie belohnen. Du sollst mein Gemahl werden, wofern es dir gelingt, die Aufgabe zu lösen, welche ich dir stellen will."

Der König rief: „Nenne sie; wenn es im Bereiche menschlicher Kraft liegt, werde ich sie erfüllen."

„Zieh hin", erwiderte die Prinzessin, „und suche mir die folgenden drei Dinge ausfindig zu machen: Ein Vorurteil, das durch Vernunft besiegt wurde. Eine Torheit, die so groß ist, dass noch kein Mensch sie begangen hat. Eine Lästerung, so schamlos, dass sich keine Zunge findet, um sie zu wiederholen."

Der König lachte und gab Befehl, die Hochzeitsfeier zu bereiten, denn er meinte, in wenigen Tagen schon seine Braut heimzuführen. Dann begab er sich auf die Reise.

Dies geschah vor tausend Jahren, und bis heute ist er noch nicht zurückgekommen.

Marie von Ebner-Eschenbach

Harr geduldig, Herz!

An die Bäume im Winter

Gute Bäume, die ihr die starr entblätterten Arme
Reckt zum Himmel und fleht wieder den Frühling herab!
Ach, ihr müsst noch harren, ihr armen Söhne der Erde
Manche stürmische Nacht, manchen erstarrenden Tag!
Aber dann kommt wieder die Sonne mit dem grünenden Frühling
Euch; nur kehret auch mir Frühling und Sonne zurück?
Harr geduldig, Herz, und bringt in die Wurzel den Saft dir!
Unvermutet vielleicht treibt ihn das Schicksal empor.

Johann Gottfried Herder

Kintsugi

Auf dem Weg in die Passionszeit

Manchmal hat die Globalisierung ja ihre guten Seiten. Aus dem fernen Japan stammt eine Tradition, die sich seit einiger Zeit auch in unseren Breitengraden wachsender Beliebtheit erfreut. Sie ist eine Art geistige Schwester des „Upcyclings", bei dem man nutzlos gewordene, kaputte, in ihrer ursprünglichen Funktion nicht mehr brauchbare Gegenstände in neuwertige umwandelt. Gebrauchte Europaletten werden zu Gartenmöbeln, ausgefranste Bettwäsche zu Geschirrtüchern, ausgediente Schlafanzüge zu Gemüsebeuteln – es gibt mittlerweile Hunderte solcher Beispiele. Sie alle zeigen in eine Richtung: raus aus unserer Wegwerfgesellschaft.

Kintsugi heißt die aus dem japanischen Zen-Buddhismus stammende „Reparatur"technik, bei der die Bruchlinien kaputter Keramik optisch hervorgehoben werden. Das Wort „Reparatur"

steht nicht von ungefähr in Anführungszeichen: Kintsugi zielt nicht darauf ab, zerbrochene Becher, Tassen, Schüsseln, Teller einfach nur wieder „heil" zu machen, sondern vor allem, sie zu veredeln. Als Klebstoff dient ein Lack, der mit Gold-, manchmal auch Silberpulver versetzt ist, sodass gerade die Risse, Sprünge und Lücken nach der Reparatur golden bzw. silbern leuchten. In diesen Kunstwerken materialisiert sich der geistige Zustand des „mushin", in dem sich Haltungen wie Absichtslosigkeit, Gelassenheit, Hinnahme des Gegebenen bündeln. Durch Kintsugi erfährt ein Objekt eine Art Neugeburt, es wird verwandelt und durch die kostbaren Materialien Gold und Silber aufgewertet.

Davon könnten wir lernen: Wie wäre es, wenn wir unsere Schwächen, Versäumnisse und Niederlagen nicht verstecken, sondern zeigen würden? Sie gehören schließlich genauso zu uns wie unsere Stärken und Erfolge. Eine vernarbte Wunde wäre dann kein Makel, sondern ein Überlebenszeichen.

Dies führt uns gerade in der Passionszeit auf eine österliche Spur: keine Bruchlandung ohne Neuanfang, kein Scheitern ohne Aussicht auf Umkehr, keine Dunkelheit, die nicht durch Licht erhellt wird – ganz steil ausgedrückt: kein Tod ohne Auferstehung. Sicher ist nicht alles Gold, was glänzt, aber der christliche Glaube, dass es einen Gott gibt, der unsere Scherben aufsammelt und neu zusammensetzt, ist ungleich mehr als Gold wert.

Mechthild Ruef

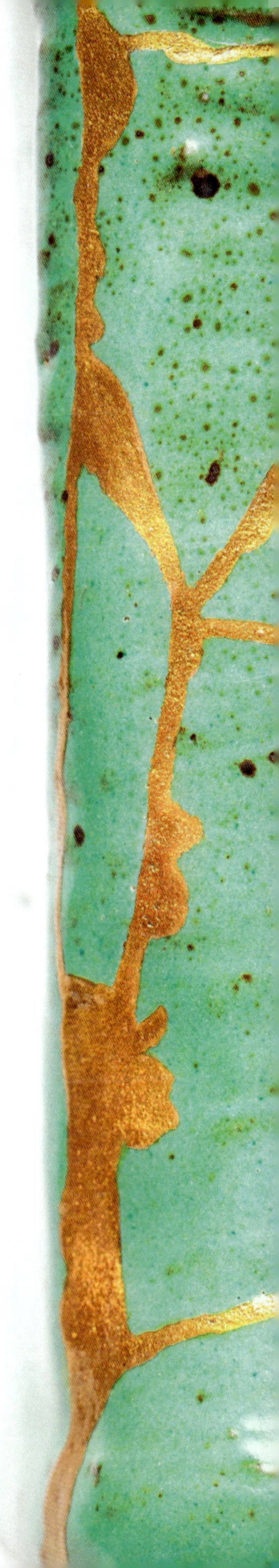

Doktor Luthers getreue Nachfolger

Johann Crüger, Paul Gerhardt und das evangelische Liedgut

Bei der Formierung des evangelischen Liedkanons ging an Luther kein Weg vorbei. Nur wenn Luther draufstand und drin war, konnten auch Lieder „anderer gottseliger Lehrer" (so im Untertitel eines Gesangbuchs von 1778) enthalten sein. Dass unter Luthers Namen auch Lieder veröffentlicht wurden, die gar nicht von ihm selbst stammten, hat er selbst noch erlebt. Damit ließ sich gutes Geld verdienen.

Noch schlimmer aber waren Lieder, die theologisch abweichende Inhalte transportierten. Luther, der ja permanent den Antichrist am Werk zu sehen meinte, hat daher auf der Titelseite des „Babstschen Gesangbuchs" von 1545, das sein ganzes Lied-Œvre versammelt, eine Warnung anbringen lassen: „Viel falscher Meister itzt Lieder tichten, / sihe dich für, vnd lern sie recht richten, / wo Gott hin bawet sein kirch vnd sein wort / Da will der Teuffel sein mit trug vnd mord."

Ein Gesangbuch ist immer Kind seiner Zeit. Nach Luthers Tod 1546 bemühten sich die theologischen Gralshüter seines Erbes, die Zeit anzuhalten, damit bloß nicht der Teufel zwischen die Seiten schlüpfen konnte. Das „Babstsche Gesangbuch" mit seinem Gegenüber von Bibelwort und Liedstrophen blieb lange Zeit die maßgebliche Liedersammlung der Evangelischen. Es war allerdings nur eine Frage der Zeit, wann die lutherische Orthodoxie würde beidrehen müssen. So „modernisierte" der Komponist Michael Praetorius zu Anfang des 17. Jahrhunderts als Erster die alten Choralmelodien des lutherischen Kanons, indem er sie mit dem sogenannten „concertierenden" Stil italienischer Herkunft verband.

Neu gedichtete madrigalische Texte als Keimzelle von Motette und Kantate wanderten in die Kirchenmusik ein. Und schließlich empfahlen sich auch neue geistliche Lieder, die bei der häuslichen Andacht angestimmt wurden, ebenfalls für den Gottesdienstgesang.

1647, also vor 375 Jahren, veröffentlichte der Lehrer und Kantor Johann Crüger eine Neuausgabe seiner gut eingeführten Gesangbuchreihe „Praxis Pietatis Melica" – oder, wie der Untertitel ausführt: „Das ist: Übung der Gottseeligkeit In Christlichen und Trostreichen Gesängen, Herrn Doct. Martini Luther fürnemlich / wie auch anderer seiner getreuen Nachfolger, und reiner Evangelischer Lehre Bekenner." Was diese Ausgabe so besonders macht: Sie enthält erstmals 18 Lieder von Paul Gerhardt. Als die 5. Auflage sechs Jahre später erschien, waren es schon 82. Die Zusammenarbeit von Crüger und Gerhardt lag im wörtlichen Sinn nah: Gerhardt war Pfarrer an der Nikolaikirche, Crüger ihr Kantor. Die beiden waren gut befreundet.

Gerhardt ist aus dem Evangelischen Gesangbuch nicht wegzudenken. Der EKD-weit einheitliche Stammteil verzeichnet immerhin noch 26 seiner Lieder. Was davon bleibt, wenn das neue EG 2030 erscheint, ist ungewiss. Auch „Klassiker" müssen sich die Frage nach ihrem „Sitz im Leben" gefallen lassen.

Markus Wernitzer

März

Ihr habt wohl daran getan, dass ihr meine Bedrängnis geteilt habt.

Philipperbrief 4,14

Auf dem Wasser

Schiffe und Boote

Wieso eigentlich macht es allen Kindern und auch Erwachsenen solchen Spaß, Schiffchen schwimmen zu lassen? Das reicht vom Plastikboot in der Badewanne über das selbst gebaute, grob gezimmerte Holzschiff, feierlich im Parkteich zu Wasser gelassen, bis hin zu kunstvoll detaillierten Modellschiffen und Hightechgeräten mit Fernsteuerung. Fürs Erste aber reicht schon ein Blatt oder Rindenstückchen, das wir von einer Brücke in den Bach fallen lassen. Seht, da schwimmt es – oh, jetzt ist es hängen geblieben! – wie schön, jetzt hat es sich wieder losgerissen. Weiter geht's. Wohin wohl?

Dabei hat Wasser für Festlandsgeschöpfe wie uns eigentlich etwas von Grund auf Bedrohliches: Man kann darin versinken. Selbst wer schwimmt, muss sich mühen und hält doch kaum mehr als den Kopf über Wasser. Deshalb ist es auch so ganz besonders staunenswert, wenn von einem berichtet wird, der einfach so über das Wasser gehen kann und im Übrigen auch noch über Sturm und Wellen befiehlt. Er hat Macht über das Wasser! Aber auch wir können es zumindest austricksen: Mit einem Schiff, Boot, Floß wird das Wasser besiegt. Vom Einbaum bis zum Ozeandampfer ist der Mensch auf dem Wasser unterwegs, gern auch in der Freizeit, sei es per Tretboot oder Kreuzfahrtschiff.

Schiff und Boot sind uralte Symbole für Reise, Aufbruch und Übergang, im engeren Sinne auch Transzendenz. Vielfältig sind die Schiffsbilder für den Weg vom Reich der Lebenden ins Reich der Toten: Ein Fährmann setzt über ans dunkle Ufer, oder ein Segelschiff gleitet zum Horizont, in den Sonnenuntergang. Das Schiffssymbol ist aber auch mit Veränderungen im Leben verbunden. In der Traumdeutung setzt man das Fahren auf einem Schiff in Beziehung zur Persönlichkeitsentwicklung: Streben zu neuen Ufern, Zielorientierung, unterwegs bleiben.

Angedockt an das Symbol des Schiffs finden sich wiederum zahlreiche weitere: Kompass, Leuchtturm, Hafen, Anker. Sie stehen für Orientierung, Sicherheit, Festigkeit – eben all das, was der Mensch auf seiner Schiffslebensreise draußen auf dem weiten Meer so schmerzlich vermisst. Im Gegensatz dazu steht die Sehnsucht nach dem Aufbruch in die Ferne, nach dem großen weiten Meer. Oder das ebenso sehnsuchtsvolle Warten am Ufer: „Ein Schiff wird kommen…", auf alle Fälle aber das Warten darauf, dass alles anders wird. Wo das handfeste Menschenwerk „Schiff" und das so gar nicht fassbare flüssige Element zusammenstoßen, da werden Grenzen überschritten, hinter denen Chancen und Gefahren liegen.

Die Schifffahrt ist eine Bewegung des Sowohl-als-Auch. Auf einem Schiff ist man behaust, also geborgen, aber zugleich unterwegs, vielleicht ins Ungewisse. Man steht auf festem Grund und gleichzeitig auf wankenden Planken. Der Mensch lenkt das Schiff, aber oft genug ist er ein „Getriebener" durch Winde, Strömungen, Strudel, oder aber er dümpelt hilflos in

Hier die panische Jüngerschaft in der schwankenden Nussschale, dort Jesus in geradezu aufreizend seligem Schlummer. Jan Brueghel d. Ä., „Christus im Sturm auf dem See von Galiläa", Öl auf Kupfer, 1596 (Ausschnitt)

einer Flaute. Das Geworfensein des Menschenlebens und die Unverfügbarkeit der Dinge finden darin ein exzellentes Bild.

Eben dies sind auch zentrale Themen des großen Menschheitsbuches Bibel, und entsprechend häufig begegnen uns darin Schiffe und Boote. Das beginnt schon mit der Arche Noah. Hier bedeutet das Schiff erst einmal Rettung und Bewahrung. Aber es bleibt die Unsicherheit: Wo geht die Reise hin? Wir wissen: Sie wird gut ausgehen, mit einem Neuanfang unter dem Regenbogen. Mose wird als Säugling aus dem Wasser gezogen, nachdem seine Mutter ihn in einem „Kästlein von Rohr", abgedichtet „mit Erdharz und Pech", auf die Reise in eine ungewisse Zukunft geschickt hat (2. Mose 2,3); sein Leben wird ganz anders verlaufen, als man es je hätte erwarten können. Der von Gott zum Propheten auserkorene Jona versucht, per Schiff vor seinem Auftrag zu fliehen. Das kann nicht gelingen, wie schon der Psalmist (139,9) sagt: „Nähme ich Flügel der Morgenröte und bliebe am äußersten Meer, so würde auch dort deine Hand mich führen" – gegebenenfalls auch auf unerquicklichen Wegen, in diesem Falle durch Sturm, Meerestiefen und einen Fischbauch.

In den Evangelien ist häufig und an zentralen Stellen von Booten die Rede – den Fischerbooten der Jünger, die man sich als durchaus stattliche Gefährte von über acht Metern Länge vorstellen muss. Sie stehen im Mittelpunkt so wichtiger Szenen wie dem Rekrutieren von „Menschenfischern", der Sturmstillung oder dem missglückten Versuch des Petrus, auf dem Wasser zu gehen. Die Bootsgeschichten sind natürlich zunächst dem Umstand geschuldet, dass Jesus viel am und auf dem See Genezareth unterwegs war, wo Boote einfach zum Alltag gehörten. Es lohnt sich aber auch, in Anbetracht der grundstürzenden Botschaft Jesu das Augenmerk auf die Schiffssymbolik zu richten, mit Motiven wie Aufbruch, Veränderung, Ausrichtung auf neue Ziele – und all das auf schwankendem Grund, über abgründigen Tiefen, in Sturm und Wellen. Die Frohe Botschaft ist ein Ruf zu Mut und Vertrauen.

Der Apostel Paulus ist auf seinen ausgedehnten Reisen immer wieder per Schiff unterwegs. Von ihm stammt der Ausspruch, jemand habe „am Glauben Schiffbruch erlitten" (1. Timotheus 1,19) – und er wusste, wovon er sprach, denn: „Dreimal habe ich Schiffbruch erlitten, einen Tag und eine Nacht trieb ich auf dem tiefen Meer" (2. Korintherbrief 11, 25). Der Schiffbruch: eine Metapher für menschliches Scheitern angesichts der übermächtigen widrigen Kräfte.

Schließlich ist das Schiff auch bekannt und beliebt als Bild für die christliche Gemeinde. Man ist eine Schicksalsgemeinschaft, gerade in stürmischen Zeiten müssen alle Hand in Hand arbeiten, sind sich über den Kurs aber nicht in jedem Falle ganz einig. Sich auf rauer See über alle Widersprüche hinweg zusammenraufen: Besonders sinnfällig erscheint da das Logo des Ökumenischen Rates der Kirchen, ein Schiff mit Kreuzmast. Es mag uns Last und Segen sein: Wir Christen sitzen alle in einem Boot.

Reinhard Jensen

„Wie lieblich duftet dieser Käs"

Monolog einer Milbe im siebenten Stock eines Edamerkäses

Einer der ersten Literaten, die von ihren journalistischen Arbeiten leben konnten, war Wilhelm Ludwig Weckherlin (1739–1792). Sein Monolog ist eine augenzwinkernde Replik auf eine wichtige Schrift aus der Feder des Braunschweiger Großphilosophen Leibniz. Der hatte seine Überzeugung vorgetragen, dass die Welt, die Gott erschaffen hat, unter allen möglichen Welten die beste sein müsse, denn ein allmächtiger Gott würde sich nicht mit Mittelmaß zufriedengeben…

Wilhelm Ludwig Weckherlin, Kupferstich, 1780

Auf einem silbernen Teller befand sich einst ein Edamer Käs und nahe dabei ein Talglicht, welches den Käs bestrahlte. Milben hatten sich, durch die innere Gärung seiner organischen Partikeln, im Käse erzeugt. Unter ihnen war eine Philosophin, welche dem Ursprung und der Bestimmung des Käses und der Milben nachdachte. Jemand, der den Käs zu essen im Begriff war, belauschte ihren Monolog mit dem Ohr jener Geniemänner, welche die Sphären singen, die Nerven stimmen, die Flöhe husten hören. Man frage mich nicht, wie das möglich war. Die Frage über das Wie der Dinge ist oft indiskret, und wir könnten eher allgemeine Zweifler werden, als sie in jedem Falle beantworten. Genug, dieser Fürwitzbeutel vernahm die Milbe so reden.

„Wie lieblich duftet dieser Käs! Wie ambrosisch ist dieser Geschmack! Wie nahrhaft diese Speise! Wie bequem meine Wohnung! Eine unermessliche, durchaus essbare Welt. Wie mächtig, wie wohltätig muss der sein, der den Käs machte, ihn für Milben schuf! Unser Sein war sein Wille, unser Wohlsein sein Zweck. Denn vom Nutzen eines Dings schließen wir auf seine Absicht. Ich gehe weiter: Dieser Käs ist der beste unter den möglichen."

(Der Eigentümer hielt ihn für versalzen.)

„Der Beweis ist simpel. Hätte der Urheber einen besseren machen können, so würde er ihn vorgezogen haben. Warum sollte er das Vollkommene dem Mittelmäßigen nachsetzen! Jener glänzende Körper, der aus ungemessener Ferne meinen Käs bestrahlt" – hier lächelte die Milbe gegen das Talglicht –, „was kann er sein, als unsere Laterne? Wie erquickend, wie wohltätig ist sein Licht! Wie anpassend der Organisation meiner Augen. Ja, das Licht ist um der Milben willen gemacht. Glückliche Milben! Ihr seid Mittelpunkt – Endzweck aller Kombinationen der Welt. Euch erfreuet das Licht. Euch duftet der Käs, Euch laden seine fetten Partikeln zum Genusse ein.

Wir wissen nicht, warum ausgerechnet ein Edamerkäse symbolisch für die herrliche Menschenwelt stehen soll. Vielleicht hatte Weckherlin gerade einen verspeist

Aber eben darum, weil Milben der Zweck sind, dem die Natur alle ihre Werke als Mittel subordiniert hat; eben darum, erhabene Milben, ist diese ephemerische Existenz nicht das ganze Erbteil, welches die Natur euch beschieden hat.

Sollte sie nicht ewige Zwecke lieben? Sollte der Zirkel der Allnatur ohne seinen Mittelpunkt, worauf alle Strahlen sich beziehen, bestehen können? Nimmermehr! Milben: ihr seid zu den erhabensten Aussichten bestimmt. Eure Existenz in der Höhle des Käses ist nur der rosenfarbene Morgen eines schönen Tags, dessen Mittag eurer wartet.

Die sublimen Gedanken, welche itzt meinen Geist beschäftigen, sind mehr als die Wirkung meiner Organisation. Es ist wahr, ich kenne meinen Körper, die innere Natur seiner Elemente, die Art ihrer Zusammensetzung beinahe gar nicht. Aber dennoch kann ich a priori bestimmen, welche Wirkungen aus dieser Zusammensetzung möglich sind, und welche nicht."

Soeben wollte die Rednerin von der Zukunft weissagen und die Natur der Käse, welche sie künftig bewohnte und zum Teil essen würde, auf, wie sie meinte, unumstößlichen Grundbegriffen der Milbenmetaphysik zu demonstrieren beginnen, als der Zuhörer, vom Mitleid über ihre Mühe gerührt und um ihr eine langwierige Reihe Syllogismen zu ersparen, die Rednerin samt dem Katheder, worauf sie stand, in den Mund steckte und verschlang. Man sagt, sie habe noch zwischen den Zähnen des Würgers behauptet, ihre Erhaltung, ihr Wohl sei der Endzweck der Natur.

Wilhelm Ludwig Weckherlin

Die Sache mit dem Apfelbaum

Vor 295 Jahren starb Isaac Newton

Sir Isaac Newton im Alter von 56 Jahren. Gemälde von Godfrey Kneller, Öl auf Leinwand, 1702

Auf drei Seiten über ein Genie zu schreiben, ist ein Ding der Unmöglichkeit, zumal wenn sein Name allein schon unangenehme Erinnerungen an quälend lange Physikstunden weckt. Ein leichtfüßiger Einstieg wäre die Sache mit dem Apfelbaum. Von dem gibt es heute gleich drei: In Cambridge stehen zwei, noch einer steht im fernen Argentinien – alle drei erwiesene Abkömmlinge des Apfelbaums, unter dem Newton einst gesessen habe und durch den Fall eines Apfels erst auf die eine oder andere Idee gekommen sei. Wir werden zu gegebener Zeit darauf zurückkommen.

Nun wäre Newton nicht Newton, wenn er sich mit der mathematischen Formel der Gravitation beschieden hätte. Berühmt wurde er außerdem durch seine Begründung der Infinitesimalrechnung und seinen erbitterten Streit mit Leibniz darüber, wer sie denn nun begründet hätte; außerdem durch seine bahnbrechenden Studien zur Optik und seinen ebenfalls erbitterten Streit mit Hooke darüber, wer hier wem was zu verdanken hätte. Newton muss ein ziemlich streitbarer Geselle gewesen sein. Biografen nennen ihn, je nach Sympathie für ihren Gegenstand, eigenbrötlerisch oder intrigant.

Mit nur 26 Jahren erhielt Newton einen Ruf auf den prestigeträchtigen Lucasischen Lehrstuhl für Mathematik am Trinity College in Cambridge (einer seiner Nachfolger war übrigens Stephen Hawking). Er ging als Parlamentarier in die Politik, wurde oberster königlicher Münzmeister und Präsident der ehrwürdigen Londoner Royal Society. Diesen mächtigen Wissenschaftsbetrieb muss man sich (Achtung, Satire!) als einen Haufen komplett vergeistigter Menschen vorstellen, die sich unter anderem der Extraktion von Sonnenstrahlen aus Gurken widmeten oder bedeutende Rückschlüsse aus den Sphärenklängen des Universums zogen. So jedenfalls hat Jonathan Swift das Treiben der Royal Society in seiner Gesellschaftssatire „Gulliver's Reisen" verewigt.

Newton war ein frommer Mann. Atheismus ließ er sich nicht nachsagen. Bei Gelegenheit einer Neuauflage seiner „Principia Mathematica" stellte er ein für alle Mal fest: „Ohne allen Zweifel konnte diese Welt ... nur und aus nichts anderem entstehen als aus dem absoluten und freien Willen Gottes." Die zeitgenössische Theologie dankte es ihm, indem sie seine Bewegungsgesetze auf geistige Zustände zu übertragen suchte und die Geschwindigkeit berechnete, mit der der christliche Glauben abnahm. So kam der schottische Mathematiker und Theologe John Craig zu dem Ergebnis, dass sich die Wiederkehr Christi im Jahr 3150 ereignen würde. Dieser Befund widerspricht allerdings Newtons eigenen Studien, nach denen der Anbruch von Gottes Reich auf das Jahr 2060 zu datieren wäre.

Bei seinem Tod 1727 hinterließ Newton einen Koffer. Der wiederum geriet Jahrzehnte später in die Hände von Samuel Horsley, dem Bischof von Rochester und nachmaligen Herausgeber von Newtons gesammelten Werken. Horsley müssen die Haare zu Berge gestanden haben, als er den Koffer aufmachte und ihm das ganze Elend bewusst wurde, das da zutage trat: Tausende Seiten mit Aufzeichnungen zu häretischen Schriften, Versuchsanordnungen zu alchemistischen Experimenten, das Elixier des Lebens und den Stein der Weisen inbegriffen – Bischof Horsley klappte den Koffer zu und verlor kein Wort mehr darüber. So kam es, dass der gesamte „ketzerische" Nachlass Newtons von Hand zu Hand wanderte und in die ganze Welt verstreut wurde.

Und das alles soll mit dem Apfelbaum begonnen haben? Newton selbst hat diese Anekdote über sich verbreitet, da ist also Vorsicht geboten. Oder wir halten es gleich mit Arthur Schopenhauer, der genauso eigenbrötlerisch und intrigant gewesen ist wie Newton: „Die zum Ekel wiederholte Apfelgeschichte ist ohne Auktorität."

Alexandra Roth

Das Newton-Mausoleum von Étienne-Louis Boullée von 1784 kam über das Entwurfsstadium nicht hinaus. Wie sich die 150 Meter hohe Kugel zu Newtons Gravitationsgesetzen verhalten hätte, steht auf einem anderen Blatt

April

Den Reinen ist alles rein.

Titusbrief 1,15

Born des Heils

Brunnen und Quellen

Eine plätschernde Quelle im Frühling, kühl und klar – das ist der Inbegriff von Frische und Reinheit. Wasser tritt ans Licht. Die frei fließende Quelle ist ein Geschenk der Natur, eine Gottesgabe. Der Brunnen hingegen ist definitionsgemäß Menschenwerk. Typischerweise denkt man an einen tiefen Schacht, weit unten blinkt der Wasserspiegel des Grundwassers. So sahen Burgbrunnen aus, denn ohne eine brunnenvergiftungssichere interne Wasserquelle war die stärkste und höchste Trutzburg im Belagerungsfall gänzlich nutzlos. Von der höchsten Höhe bis in die tiefste Tiefe wurde der Schacht geschlagen und war nicht selten der aufwendigste Teil des ganzen Festungsbaus. Der tiefste bekannte Burgbrunnen (Burg Regenstein im Harz, heute verschüttet) maß fast 200 Meter.

Heute blickt man in so einen Brunnen, wirft einen Stein hinein und zählt erschauernd die Sekunden, bis er ins Wasser fällt. Bodenloser Abgrund, hohles Tropfen, feuchte Kälte. Da kann das

Der historische Querschnitt der Festung Königstein in der Sächsischen Schweiz lässt die Größenverhältnisse zwischen dem Baukörper und dem gut 150 Meter tiefen Brunnen gut erkennen

sprichwörtliche Kind hineinfallen. Wasser in der Dunkelheit. Dabei galt das Wort „Brunnen" eigentlich bis in die Neuzeit als Bezeichnung für beides, für Quelle und Brunnen.

Mythen und Religionen sehen in den Quellen Wohnorte von Gottheiten oder Geistern. Die griechischen und römischen Quellnymphen werden als holde Jungfrauen vorgestellt, und doch haben sie den schönen Hylas in die Tiefe gezogen und er ward nie mehr gesehen. Die Nichtbeherrschbarkeit des Naturphänomens Quelle lässt ihr Bild schillern. In der Frühzeit des Christentums wurde die germanische Quellenverehrung heftig bekämpft – oder aber in bewährter Weise uminterpretiert. In der christlichen Variante pilgert man noch heute zu heiligen Quellen, deren Wasser als heilkräftig gilt – freilich nicht aus sich selbst heraus, sondern begründet durch eine Marienerscheinung oder sonstiges Wundergeschehen. Geschmückte Osterbrunnen feiern den Brunnen als Symbol für Wachstum und Erneuerung. Auf die Spitze getrieben wird dieser Gedanke im Jungbrunnenmythos: Alt und gebrechlich steigt man hinein, jung und schön wieder heraus – ein uralter Menschheitstraum.

Ein reich geschmückter Osterbrunnen in Aalen

Die Symbolik von Quellen und Brunnen für die Ströme des göttlichen Heils ist im Christentum allgegenwärtig, von Psalm 36: „Bei dir ist die Quelle des Lebens" über die „Quelle des lebendigen Wassers" in der Offenbarung (21,6) bis zu „Brunn allen Heils, dich ehren wir" (EG 140). Jesus bezeichnet sich selbst als Quelle: „Wen da dürstet, der komme zu mir und trinke!", und mehr noch: Wer glaubt, wird selbst zur Quelle, „von dessen Leib werden … Ströme lebendigen Wassers fließen" (Johannesevangelium 7,37-39). Diese Worte spricht Jesus beim Laubhüttenfest in Jerusalem, und die Wassersymbolik kommt an dieser Stelle nicht von ungefähr: Ein Höhepunkt des Festgeschehens war die Wasserschöpfzeremonie, wenn der Priester Wasser aus dem Teich von Siloah für das Gussopfer zum Altar brachte und um Regen betete.

Im heiß-trockenen Lebensraum der Israeliten war Wasser ein knappes und überaus wertvolles Gut. An die Wassernöte, die mit der nomadischen Lebensweise verbunden sind, erinnert die Begebenheit bei der Wüstenwanderung, als Mose gegen einen Felsen schlägt und Quellwasser herausfließt (4. Mose 20,1-13). Die Angst der Menschen vor dem Verdursten war zuvor so übermächtig gewesen, dass sie jedes Vertrauen in gute Führung verloren hatten, daher spricht man hier auch von der Geschichte vom „Haderwasser".

Seit frühester Zeit versucht der Mensch, sich von den Launen der Natur unabhängiger zu machen, indem er sich den Zugang zum Wasser sichert und erleichtert. Schon die steinzeitlichen Jäger und Sammler gruben Erdlöcher, um Wasser daraus zu schöpfen. Dann baute man Brunnenschächte und stabilisierte die Wände mit Flechtwerk oder Holz. Eimer wurden hineingesenkt, dann an Holzkonstruktionen aufgehängt, das Wasserheben mit Rundhölzern, Rädern oder Gegengewichten am Schwingbaum erleichtert. Es folgte die Pumptechnik; Prototyp ist hier die klassische Schwengelpumpe, wie sie auf Wasserspielplätzen noch heute zu besichtigen ist, wenn Kinder mit Begeisterung tun, was den Altvorderen einst mühselige Pflicht war.

Jenseits aller technischen Fragen war die Wasserversorgung in Dorf und Stadt auch eine großartige Kulturleistung. Bau, Wartung und Reparaturen mussten organisiert und nicht zuletzt gemeinschaftlich bezahlt werden, die Wasserverteilung im Gemeinwesen musste geregelt sein. Die Brunnen waren auch Statussymbol und wurden kunstvoll gestaltet. Je weniger sie in späterer Zeit der Wasserversorgung dienten, desto mehr trat der repräsentative Charakter in den Vordergrund, bis hin zu ganzen Brunnenlandschaften mit Fontänen und Kaskaden und aufwendigen Figurenaufbauten. Wenn wir heute an so einem Brunnen stehen und eine Münze hineinwerfen, sollte uns klar sein, dass wir damit eigentlich die uralten Brunnengeister beschwören, um sie mit einem Geldgeschenk freundlich zu stimmen – der letzte Rest einer magischen, mystischen Vergangenheit, die Brunnen und Quellen noch immer umweht.

Reinhard Jensen

Wien, Schloss Belvedere.
Blick über die Wasserspiele
zum Oberen Belvedere

Macht und Ohnmacht

Tagebucheintrag des Pontius Pilatus

Im Jahr sieben meiner Herrschaft als Prokurator über die Provinz Judäa und im 19. Jahr der Herrschaft des göttlichen Kaisers Tiberius:

Heute war ein merkwürdiger Tag. Das Volk hier ist ja an sich schon merkwürdig mit seinem fanatischen Glauben an den einen Gott. Aber dieser Mann, Jesus haben sie ihn genannt und ich habe ihn heute zum Tode verurteilen lassen: So etwas ist mir noch nie begegnet. Der Gedanke an ihn lässt mich nicht mehr los. Eigentlich ein harmloser Kerl, aber er hat sich wohl mächtige Feinde geschaffen. Alle, die das Sagen haben im Volk, hat er gegen sich aufgebracht. Und ich wollte ein bisschen gute Stimmung machen und ihnen einen Gefangenen losgeben zum Passahfest. Als Zeichen meines guten Willens.

Diesem harmlosen Jesus habe ich als Alternative einen ziemlich üblen Typen gegenübergestellt: Barrabas. Der hat das Volk aufgewiegelt und Leute umgebracht. War doch eigentlich klar, dass sie sich für Jesus entscheiden. Der hat doch sogar Menschen geheilt und viel Gutes getan, so hat man überall erzählt. Aber da habe ich mich wohl leider verkalkuliert. Die religiösen Führer hatten das Volk aufgehetzt und alle schrien für Barrabas und forderten den Tod von Jesus.

Natürlich wollte ich mir selber eine Meinung bilden, also habe ich diesen Jesus vorführen und verhören lassen. Der hat nicht um Gnade gebettelt wie alle anderen und beteuert, dass er völlig unschuldig ist. Er hat dagestanden wie ein König. Er hatte so eine innere Ruhe und Sicherheit, das habe ich noch nie erlebt.

„Ecce Homo" von Lovis Corinth. Das Bild entstand in den Ostertagen des Jahres 1925, dem letzten Lebensjahr des Malers. Freunde standen Modell: der Schriftsteller Michael Grusemann als Pilatus, die Künstler Leo Michelson als Christus und Paul Paeschke als Soldat. Dem Betrachter ist die Rolle des Gaffers zugewiesen

Auf die Frage, ob er ein König sei, hat er geantwortet, dass sein Reich nicht von dieser Welt ist und dass er gekommen ist, um von der Wahrheit zu zeugen. Man hatte fast den Eindruck, er selber verkörpert diese Wahrheit. – Aber nein, er ist doch wohl nur ein kleiner Wanderprediger, dem ein paar Wunder gelungen sind und dem das Volk nachläuft. Ich habe schnell gemerkt: Der ist völlig harmlos, der hat niemandem etwas getan. Aber jetzt war ich in der Zwickmühle: Die Hohepriester und der Hohe Rat forderten lautstark seinen Tod, der Tumult wurde immer größer. Ich bekam Angst, dass es zu einem Aufstand kommt. So einen religiösen Aufstand, noch dazu vor ihrem großen Fest – das wollte ich nicht riskieren.

Aber dann kam auch noch meine Frau. Und erzählte von ihren Träumen, dass der ein gerechter Mensch sei, dieser Jesus, und dass ich mich ja nicht versündigen sollte. Ich, der mächtige Pilatus, Herr über Leben und Tod, fühlte mich plötzlich ziemlich ohnmächtig. Und da stand dieser ohnmächtige Jesus, ein Nichts, der so eine Ruhe und eine königliche Würde und Autorität ausstrahlte. Fast hätte ich nachgegeben.

Aber nein, zu viel stand auf dem Spiel. Ich musste ihn opfern – sonst, wer weiß, hätte es mich noch meinen Thron gekostet. Dann ist mir noch etwas eingefallen: Als Zeichen dafür, dass ich ihn für unschuldig halte, habe ich vor aller Augen meine Hände gewaschen. Eine starke Zeichenhandlung. Ich habe ihnen klargemacht: Ich bin nicht schuld an seinem Tod, ich hätte ihn ja freigegeben. Das war allein eure Entscheidung. Sie haben das sofort angenommen und sogar gerufen: „Sein Blut komme über uns und unsre Kinder." Wenn sie das nur mal nicht eines Tages einholt.

Später, vor allem nach der Kreuzigung, hat mich die Frage wieder beschäftigt und nicht mehr losgelassen: War er mehr als ein normaler Mensch? Hatte er auch etwas für mich, das ich selbst nicht habe?

Thomas Bleher

Christus mit der Gasmaske

Gotteslästerung in der Weimarer Republik

Angenommen, Christus wäre zum Kriegsdienst eingezogen worden – was hätte man ihm befohlen? Eine Antwort darauf zeichnete der Künstler George Grosz vor 95 Jahren. Wenn je politische Satire etwas bewirkt hat, dann trifft das sicherlich auf „Maul halten und weiter dienen" zu. Von 1928 bis 1931 fand in sechs Verhandlungen der längste Gotteslästerungsprozess der Weimarer Republik statt. Zudem debattierten der preußische Landtag in fünf und der Reichstag in zwei Sitzungen über den „Fall Grosz". Die Presse, die laufend über die Gerichtsverhandlungen berichtete, sorgte für die weitest denkbare Verbreitung des Corpus Delicti, indem sie es wieder und wieder beschrieb oder gleich abbildete. Am Ende standen ein Freispruch für Grosz und die Einziehung und Vernichtung der Zeichnung, der Drucke und der Druckplatte.

Veronika Bremer

Anderes Leben

Am 16. April feiern wir das Osterfest

Ostern feiern heißt, einmal den Sieg der Liebe über den Tod zu feiern. Jesus ist nicht im Grab geblieben. Er ist auferstanden. Er gibt mir die Gewissheit, dass mein Leben nicht im Dunkel des Todes enden wird, sondern in der Herrlichkeit des ewigen Lebens. Aber Auferstehung feiern heißt noch mehr. Wir feiern hier und jetzt in der Auferstehung Jesu auch unsere eigene Auferstehung. Wir stehen auf aus dem Grab unserer Angst und Resignation, aus dem Grab unseres Selbstmitleids und unserer Selbstbeschuldigung. Wir werfen die Fesseln ab, die uns hemmen und am Leben hindern. Wir singen und spielen und tanzen uns in die Freiheit der Auferstehung hinein. Es gibt noch ein anderes Leben als nur auf Erfolg aus zu sein, als nur um die Bestätigung und Zuwendung der Menschen zu betteln. Es gibt das wahre Leben, das Leben in Freiheit und Weite. Dieses Leben zu erfahren, das ist für mich Auferstehung.

Es sind biblische Bilder, die mir helfen, Auferstehung zu erfahren. Da ist das Bild des Steins, den der Engel vom Grab wälzt, wie in der Bibel bei Matthäus beschrieben. Auferstehung heißt, dass Gott den Stein beiseiteschiebt, der auf mir lastet und mich vom Leben abhält. Die Wächter des Todes fallen zu Boden. All die inneren Stimmen, die mich bestimmen möchten, fallen in sich zusammen.

Auferstehung ist die Erlaubnis zu leben. Auferstehung heißt, in die eigene Lebendigkeit hinein aufzustehen. Und Auferstehung heißt für mich, die Verletzungen meiner Vergangenheit, die Schuld, die ich auf mich geladen habe, die Schuldgefühle, die mich quälen, im Grab zu lassen und an der Hand Jesu als neuer Mensch aufzustehen.

Was Auferstehung konkret bedeutete, das ist mir in der Meditation der Osterszene im Lukasevangelium aufgegangen. Da erscheint Jesus den versammelten Jüngern, die einander erzählen, dass sie den Herrn gesehen haben. Aber als Jesus dann konkret in ihre Mitte tritt, da bekommen sie auf einmal große Angst. Jesus ist kein Geist. Auferstehung heißt nicht einfach nur, dass die Sache Jesu weitergeht. Jesus erscheint den Jüngern mit Fleisch und

Knochen, leibhaft. Auferstehung geschieht im Leib und nicht nur im Geist. Sie will sich ausdrücken in meiner Lebendigkeit. Was Leben ist und wie Leben schmeckt, das erfahre ich im Leib und mit dem Leib, mit meinen Sinnen. Und dann sagt Jesus zu den Jüngern: „Ego eimi autos – Ich bin es selbst." Das bedeutet mehr als nur die Identität des Auferstandenen mit dem Jesus, der für uns gekreuzigt wurde. Lukas übersetzt die Auferstehung in die Gedankenwelt der Griechen. „Autos" war in der griechischen Philosophie der Stoa ein wichtiger Begriff. Er bezeichnet das innere Heiligtum des Menschen, das wahre Selbst, den innersten Personenkern. Auferstehung geschieht für mich konkret, wenn ich bei allem, was ich tue, sage: „Ich bin ich selber."

Wenn ich das einen Tag lang immer wieder übe, dann fallen alle uneigentlichen Seiten von mir ab. Dann komme ich in Berührung mit meinem wahren Selbst, mit dem inneren Heiligtum, in dem Christus als der Auferstandene wohnt. Auferstehung heißt für mich Aufstehen in die Eigentlichkeit. Und dann lädt Jesus die Jünger ein: „Fasst mich doch an!" Auferstehung geschieht nicht im Geist. Christus lässt sich als der Auferstandene betasten. Für mich geschieht Auferstehung immer wieder, wenn ich in der Kommunion Christus betaste in der Hostie, die auf meiner Hand liegt. Er lässt sich

berühren. Er will mir sagen: „Ich bin genauso konkret wie dein Leib." Aber nicht nur in der Kommunion ertaste ich den Auferstandenen. Wenn ich die Schöpfung zärtlich berühre, dann ahne ich, dass ich in dem Leben, das die Natur durchdringt, das Leben des Auferstandenen betaste. Das Leben, das ich um mich herum berühre, weckt das Leben in mir. Und dieses Leben hat den Tod besiegt. Es wird durch den Tod zwar verwandelt, aber nicht vernichtet. So ist Auferstehung für mich die Erfahrung, dass das Leben stärker ist als der Tod, dass die Liebe den Tod überwunden hat, dass die Beziehung, die ich zu Christus erfahre im Gebet, in der Kommunion, in der Berührung von Gottes Schöpfung, meinen Tod überdauert.

Jesus sagt im Lukasevangelium: „So steht es in der Schrift: Der Messias wird leiden und am dritten Tag von den Toten auferstehen." Das Geheimnis von Tod und Auferstehung ist für Lukas die Zusammenfassung der Heiligen Schrift. Alles, was Gott sagt, wird in der Auferstehung Jesu offenbar. Auferstehung heißt, dass Gott mich aus dem Tode errettet, dass es keine Dunkelheit gibt, die nicht vom Licht des Auferstandenen erhellt wird. Dass es keinen Tod gibt, in dem nicht schon das Leben ist, dass es keine Einsamkeit gibt, in die mich nicht der Auferstandene hinein begleitet. Was Auferstehung für mich bedeutet, das hat Paulus in der Bibel am klarsten ausgedrückt: „Ich bin gewiss: Weder Tod noch Leben, weder Engel noch Mächte, weder Gegenwärtiges noch Zukünftiges, weder Gewalten der Höhe oder Tiefe noch irgendeine andere Kreatur können uns scheiden von der Liebe Gottes, die in Christus Jesus ist, unserem Herrn." Das heißt Auferstehung: Es gibt nichts, was mich von Gottes Liebe trennen kann. Überall begegne ich dem Auferstandenen. Und ich kann aus der Beziehung zum auferstandenen Christus nicht herausfallen.

Anselm Grün

Mai

Erneuert euch aber
in eurem Geist und Sinn
und zieht den neuen
Menschen an.

Epheserbrief 4,23

Stille Wasser sind tief

Der See

Seeufer-Café. Wie gut das klingt. Da sind Kaffee und Kuchen eigentlich gar nicht mehr so wichtig. Da möchte man sitzen und übers Wasser blicken. Einfach schön. Sanft und still liegt der See, er scheint in sich zu ruhen und überträgt diese Ruhe auf den Betrachter.

Seen und Weiher sind nicht nur schön anzusehen, sondern man kann auch viele schöne Dinge dort machen. Tretboot fahren oder angeln, baden gehen oder wenigstens die Füße ins Wasser tauchen ... Kindern reicht da schon die kleinste Variation des stehenden Gewässers, die Pfütze. Hineinspringen, dass es platscht. Ein Hölzchen schwimmen lassen. Oder einfach nur hineinsehen, wie sich der Himmel spiegelt, und sich vorstellen, wenn da unten wirklich der Himmel wäre, ein Schritt und ... ?!

In stillen Gewässern spiegelt sich die Welt, täuschend echt. Es gilt aber auch: Stille Wasser sind tief. In diesem Spannungsfeld zwischen glänzender Oberfläche und unergründlicher Tiefe bewegt sich der griechische Mythos von Narziss. Er ist schön

und er weiß es. Kein Verehrer, keine Verehrerin ist ihm gut genug – bis er eines Tages beim Blick in einen Teich einen wunderschönen Jüngling erblickt. Doch er kann nicht erkennen, dass das Ziel seines Begehrens nur sein eigenes blendend schönes Spiegelbild ist. Beim Versuch, sich ihm zu nähern, stürzt er ins Wasser und ertrinkt. Narziss hat sich von der lieblichen Oberfläche täuschen lassen – die verborgenen Tiefen dahinter werden ihm zum Verhängnis.

Der friedlich-unschuldige See birgt Dunkelheiten, Abgründe. Was mag da unten sein, womöglich in der Tiefe lauern? In Sagen und Märchen sind die Seen bevölkert von Fabelwesen, von Wassermännern, Nixen und Nymphen. Wer sich ihnen nähert, wird womöglich in die Tiefe hinabgezogen. So steht die Tiefe des Teiches auch als Metapher für die Tiefen der Seele, die Abgründe der Begegnung mit sich selbst.

Die Tiefe war den Menschen noch nie geheuer, weshalb sie darin allerlei Un-Geheuer vermuten, zum Beispiel das vom Loch Ness. Eine einheimische Variante ist der schlafende Riesenwurm vom Starnberger See. Das Gewässer ist immerhin bis zu 128 Meter tief und fließt im Norden in die Würm (!) ab. Unnötig zu erwähnen, dass auf zahlreichen Tauchfahrten in Mini-U-Booten in dem recht klaren Wasser noch niemand eine Monsterschlange gesichtet hat. Verbreitete Motive unheimlicher Erzählungen sind auch Stimmen aus der Tiefe und Geschichten über die Insassen versunkener Kutschen oder anderweitig Ertrunkene, die in den Seen spuken.

Im Volksglauben wehren sich tiefe Seen dagegen, vermessen zu werden, so etwa der Ammersee oder auch der Titisee. Bei entsprechenden Versuchen, dem Gewässer auf den Grund zu gehen, höre man demnach eine grauenerregende Stimme aus der Tiefe mit Drohungen in der Art von: „Ergründest du mich, so ersäufe ich dich!" Dem Titisee wird im Übrigen auch eine unterirdische Verbindung zu dem südlich gelegenen Ursee nachgesagt. Und das ist noch gar nichts im Vergleich zum Frickenhäuser See im nördlichen Unterfranken, einem Erdfallsee ohne oberirdische

Auch der beschauliche Mummelsee auf den Höhen des Nordschwarzwalds hat es in sich: einen direkten Zugang zum Mittelpunkt der Erde. Dorthin wird Grimmelshausens Simplicissimus entführt, allerdings nur im gleichnamigen Roman aus der Zeit des Dreißigjährigen Krieges

Zu- und Abflüsse, was offenbar die Fantasie beflügelte. Der Sage nach steht er in direkter Verbindung zum Mittelmeer, weshalb riesige Fische mit tellergroßen Schuppen darin hausten.

Ein mythologischer Hotspot ist der äußerlich eher unspektakuläre Frau-Holle-Teich, am nordhessischen Hohen Meißner gelegen. Auf einer Tonschicht staut sich das Wasser der Godesborn-Quelle und des Hollenbachs. Münzfunde lassen darauf schließen, dass es hier schon zu römischer Zeit eine Kultstätte gab. Tief unter der Wasseroberfläche liegt der Eingang zu Frau Holles Reich, bekannt aus dem Märchen von Goldmarie und Pechmarie. Aber ist es nicht seltsam, dass Frau Holle am Seegrund wohnen soll und zugleich über den Wolken ihre Kissen schüttelt, dass es schneit? Doch die knuffelige Grimms-Märchen-Gestalt ist nicht zu unterschätzen – ihre Wurzeln liegen bei einer vorchristlichen Muttergottheit. Weil der Teich in 620 Meter Höhe liegt, kommen Seetiefe und Himmelhöhe einander so nahe wie selten. Der Sage nach stammen aus dem Hollenteich die kleinen Kinder, und in den Raunächten führt Frau Holle, auch Perchta genannt, mit der „Wilden Jagd" die Seelen der Verstorbenen unter das Wasser zurück. Darin spiegelt sich die Vorstellung der alten Germanen, wonach die Seelen der

Frau Holle – eine vielgestaltige Figur. Links die Statue vom Frau-Holle-Teich am Hohen Meißner in Hessen, rechts in der klassischen Märchenpark-Version

Ungeborenen und der Verstorbenen im Wasser wohnen. Tatsächlich ist unser Wort „Seele" von dem germanischen Wort für „See" abgeleitet, genauer von einem Wort mit der Bedeutung „die zum See Gehörende".

Auch der biblischen Überlieferung sind wunderwirkende Gewässer nicht fremd. Am Teich Betesda ist sogar ein Bibelvers verschwunden. In Johannes 5 klagt der Kranke am Teichufer, dass er nie schnell genug sei, als Erster ins Wasser zu gelangen, wenn es sich bewegt, weshalb ihm Heilung versagt bleibe. „Steh auf, nimm dein Bett und geh hin!", sagt Jesus – bei ihm kommt Heilung aus dem vertrauenden Hören auf sein Wort, nicht aus dem etwas dubiosen Wunderteich. Alte Bibelausgaben enthalten nämlich manchmal noch in Vers 4 den Hinweis, die Aufwallung des Wassers werde von einem Engel erzeugt, was als Startschuss zu einem Wettrennen um Heilung zu verstehen ist. Tatsächlich handelt es sich dabei aber um eine spätere erklärende Ergänzung, die in den ältesten Handschriften gar nicht enthalten ist. In der aktuellen Lutherübersetzung ist Vers 4 getilgt und somit die Sache mit dem Engel gottlob ins Wasser gefallen.

Reinhard Jensen

Muttertag und Vatertag

Plädoyer für die Zusammenlegung zweier Feiertage

Der Muttertag ist ein Tag zu Ehren der Mutter und der Mutterschaft. Der Vatertag ist ein in verschiedenen Teilen der Welt begangener Feiertag zu Ehren der Väter und Männer.

So steht es in der Online-Enzyklopädie Wikipedia. Eigentlich ist also alles klar.

In der Praxis aber sieht das ganz anders aus: Da bringt man am Muttertag einmal der Mutter das Frühstück ans Bett – und wird sogleich gefragt, ob man sich etwa vom schlechten Gewissen freikaufen wolle und wer danach wohl wieder die Krümel aus dem Bett klauben müsse. Und am Vatertag gehen die Väter und Männer jeglichen Ehrbezeugungen aus dem Weg. Viel lieber ziehen sie mit einem Leiterwägelchen voll Bier ins Grüne, während Muttern ihre Abwesenheit nutzt, um endlich mal ungestört aufzuräumen.

Gesetzt den Fall, man legte beide Ehrentage zusammen, und zwar auf den 15. Mai. Das brächte allen Beteiligten nur Vorteile: Die Kalenderhersteller müssten den Muttertag nicht ständig zwischen dem 8. und dem 14. Mai herumschieben, und die Floristen könnten ihre Bestellungen beim Großhandel für die nächsten Jahrzehnte im Voraus klarmachen; wir alle hätten plötzlich den zweiten Sonntag im Mai zur freien Verfügung und müssten nicht einmal mehr die Frühstückskrümel aus dem Bett klauben. Die Doppelbelegung Christi Himmelfahrt/Vatertag wäre aufgelöst, und die Väter und Männer könnten endlich mal wieder in die Kirche gehen.

Am 15. Mai aber würden Mütter, Väter und Männer zusammen mit ihren Kindern den Tag gemeinsam verbringen, bei gutem Wetter natürlich draußen. Zum Beispiel mit einem Frühstück im Grünen, und wer noch nicht laufen kann, wird ins Leiterwägelchen geschnallt.

Warum ausgerechnet der 15. Mai infrage kommt? Allein schon aus dem Grund, weil die Vereinten Nationen ihn als Internationalen Tag der Familie gelistet haben. Damit er nicht als offizieller UN-Gedenktag ein leerer Begriff bleibt, sondern mit Sinn und Leben erfüllt wird.

Claudia Margraf

In stiller, wehmutweicher Abendstunde

Ein etwas anderer Blick auf den Wonnemonat Mai

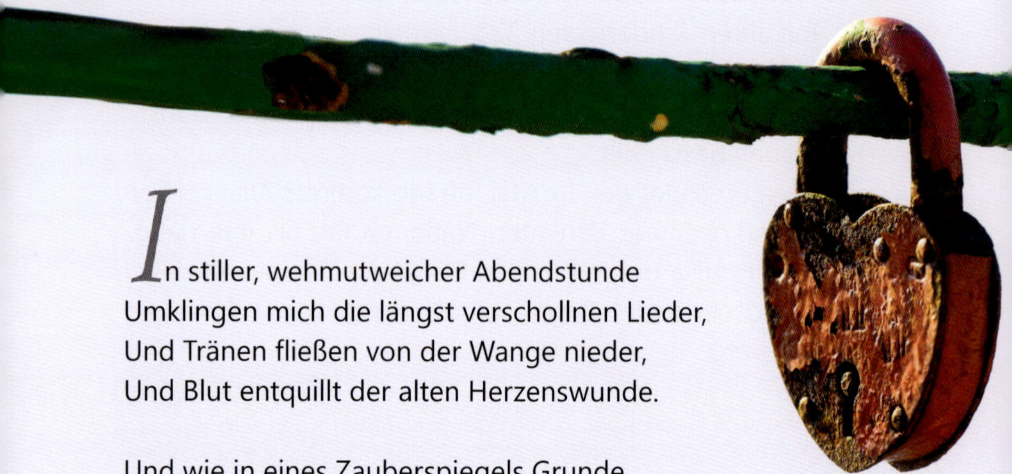

In stiller, wehmutweicher Abendstunde
Umklingen mich die längst verschollnen Lieder,
Und Tränen fließen von der Wange nieder,
Und Blut entquillt der alten Herzenswunde.

Und wie in eines Zauberspiegels Grunde
Seh ich das Bildnis meiner Liebsten wieder;
Sie sitzt am Arbeitstisch, im roten Mieder,
Und Stille herrscht in ihrer selgen Runde.

Doch plötzlich springt sie auf vom Stuhl und schneidet
Von ihrem Haupt die schönste aller Locken,
Und gibt sie mir – vor Freud bin ich erschrocken!

Mephisto hat die Freude mir verleidet.
Er spann ein festes Seil von jenen Haaren,
Und schleift mich dran herum seit vielen Jahren.

Heinrich Heine

Die tiefe Verzweiflung der romantischen Liebe besteht normalerweise darin, dass die Liebste untreu wird, stirbt oder sonstwie verschwindet. Auch bei Heine verschwindet sie, allerdings in der schon vorgezeichneten Gestalt der emsigen Hausfrau am Arbeitstisch, und das jammernde lyrische Ich sieht sich lebenslang in der Ehehölle festgekettet.

Bei dieser Gelegenheit fällt einem unweigerlich Heines nachgeborener Bruder im Geiste ein: Wilhelm Busch. Der muss etwas ganz Ähnliches im Sinn gehabt haben, als er die Titelseite seiner unvergesslichen Bildergeschichte „Herr und Frau Knopp" mit dieser Zeichnung versah:

Der notorische Spötter Heinrich Heine hätte sicherlich seine Freude daran gehabt.

Stefan Jassoy

Retter in Reichweite

Am 30. Mai feiern wir Christi Himmelfahrt

Ich liebe den Himmel. Nein, nicht den „religiösen" Himmel. Was weiß man schon darüber, was sein wird, wenn man „in den Himmel kommt" und ob man dann noch liebt und geliebt wird? Ich liebe den ganz irdischen Himmel, der sich über mir und allen anderen auf der Erde wölbt. Der keine Grenzen hat und überall gesehen wird. Den maßlos weiten, über den klein und silbrig, ganz hoch oben, die Flugzeuge flitzen. Das Himmelreich der Vögel, die Spielwiese der Mücken an Sommerabenden. Die blaue Seide im Frühling, vor der sich die Magnolie wiegt. Den Himmel, der am Abend sanft errötet, und den mit den Flügeln der Morgenröte. Den Himmel der Wolkentürme an heißen Sommertagen. Ja, und auch dieses weinerliche Tuch der Regentage, das aufs Gemüt schlägt. Der Nachthimmel: Gepriesen sei er. Und der rein gewaschene, verschwiegene, an dem der Morgenstern prangt. Was täte und wäre ich ohne diesen Himmel über mir? Was wäre die Erde ohne diesen Himmel über ihr? Eine öde Wüste! Wenn ich sterbe, will ich noch einmal unter ihm die Arme ausbreiten und mich bedanken für so viele lichtvolle Augen-Blicke und Lebenszeiten.

Kein Wunder, dass dieser Himmel auch zum Thron Gottes geworden ist! Wohin denn sonst sollte man das Göttliche denken, wenn nicht in diesen Himmel? Dem Zugriff der Menschen entzogen seit den Zeiten des missglückten Turmbaus zu Babel – und doch da. Und wir modernen Menschen sind nicht wirklich reicher geworden, als wir beschlossen haben, dass dieser Himmel nur etwas für Vögel, Wetterfrösche und Astronauten sei. Manchmal allerdings überlisten wir uns selbst, singen: „... schaue den Himmel mit meinem Gesicht" – und sind uns im Stillen bewusst, dass diese Himmelsschau viel mehr meint als die Vergewisserung, ob es regnet oder nicht.

In diesen Himmel ist Jesus aufgefahren. So haben es die Menschen mit den Augen ihres Glaubens und ihres Weltbildes gesehen. Und wir geben ihrem Glauben neue Worte: In diesen unendlichen Raum, in diese Reinheit und Transparenz, in dieses Licht, in dieses Umfassende, die Erde Umarmende. In dieses Blau, die Farbe der Transzendenz und des Glaubens. Zu diesem Ort der Sehnsucht nach Leichtigkeit und Schwerelosigkeit. Dahin, wo Gott thront. Wohnen kann Gott auch überall sonst, aber thronen in unverhüllter Klarheit und Schönheit kann er nur in diesem Himmel.

Denke ich über den irdischen Himmel nach, so wandelt er sich fast von selbst zum Gleichnis und Symbol für das ganz Andere, das Transzendente, Jenseitige. Jesus hat die Erdenschwere abgelegt und hat auch das Erdenschwere hinter sich: Das Erdgebundene, das Fassbare, auch das Angreifbare, das Leid und den Tod. Das Leben in der Zeit, die Vergänglichkeit. Leben und Sterben am bestimmten Ort, zu bestimmter Zeit, die Zugehörigkeit zu einem bestimmten Volk, einer bestimmten Familie, bestimmten Freunden und Feinden. Himmelfahrt ist die Chiffre für eine Überwindung, für einen Überschritt in eine andere Art des Daseins. Ja, es ist überhaupt der Schritt in ein Da-Sein, in eine Gegenwart, die niemals mehr zur Vergangenheit wird.

Oda-Gebbine Holze-Stäblein

Juni

Jünglinge werden müde und matt, und Männer straucheln und fallen.

Jesaja 40,30

Sauber!

Von innerer und äußerer Reinheit

Im Jahr 1653 berichtete John Evelyn, ein wohlhabender und gebildeter Mann im England des 17. Jahrhunderts, in seinem Tagebuch von seinem Plan, künftig versuchsweise einmal pro Jahr (!) eine Haarwäsche vorzunehmen. Ein wagemutiges Experiment, denn zu seiner Zeit war Wasser zu Reinigungszwecken verpönt. Vor allem von Ganzkörperbädern wurde ärztlicherseits dringend abgeraten, weil das Wasser mitsamt Krankheitserregern durch die Poren eindringe und sich mit den Körpersäften vermische. Dabei hatte man in früheren Zeiten, im Mittelalter und selbst schon bei den Römern, eine hoch entwickelte Badekultur gepflegt. Doch nun galten nicht mehr Wannenbäder, sondern häufiger Kleidungswechsel, Puder und Parfüm als Mittel der Wahl.

Welch ein Kontrast zur Gegenwart, in der „sauber" nicht genug ist, nein, „rein" muss es sein: das Weiß strahlend, Geschirr und Fliesen glänzend, Wäsche und Körper makellos, duftig und frisch, alles picobello bis hin zur Autoreinigung und WC-Spülung mit Duftstein. All dies mit einem unermesslichen Verbrauch von kostbarem Trinkwasser.

Gewiss, Waschen und Putzen gehören zu den Notwendigkeiten des Lebens. Haare waschen, Zähne putzen, regelmäßig Duschen müssen einfach sein, um sich in seiner Haut wohlzufühlen. Doch was als angemessene Reinlichkeit empfunden wird, war und ist höchst kulturabhängig. Selbst hierzulande können sich die Älteren noch an Zeiten erinnern, als einmal pro Woche gebadet wurde, womöglich in der (Wohn-)Küche in einer Zinkwanne mit heißem Wasser vom Herd. Ansonsten wusch man sich am Waschbecken

Körperhygiene in alter Zeit: links ein technisch gehobenes Modell, rechts die einfache ländliche Variante

oder gar an der Waschschüssel. Die Leute waren trotzdem sauber, auch wenn sie mangels Deo vielleicht nicht ganz so gut gerochen haben mögen.

Private Badezimmer waren selbst im 20. Jahrhundert noch lange Zeit Luxus. Der einfache Mensch konnte immerhin schon Ende des 19. Jahrhunderts duschen – im „Volksbrausebad", wo es für wenig Geld eine lauwarme Ganzkörperreinigung gab. Um dieses Thema sehr verdient gemacht hat sich der Dermatologe Oskar Lassar, Gründer des „Berliner Vereins für Volksbäder" unter dem Motto „Jedem Deutschen wöchentlich ein Bad!" Die Berliner Hygieneausstellung 1883 brachte den Durchbruch für sein Anliegen.

Doch so unterschiedlich die Körperpflegesitten in verschiedenen Zeiten und Ländern sind und waren, so einig sind sich die Kulturen und Religionen der Welt über die Bedeutung des Wassers als Symbol für seelische Reinigung und Erneuerung, häufig in Gestalt von rituellen Bädern und Waschungen. Die Hindus reinigen sich beim Bad im Ganges von ihren Verfehlungen und kommen so dem Nirwana näher. Beim buddhistischen Wasserfest zu Neujahr werden Buddha-Statuen mit duftendem Wasser bespritzt und die

Reinigung vor dem Moschee-besuch in Istanbul

Menschen begießen sich gegenseitig mit Wasser. Im Islam gehören zu jeder Moschee Becken mit fließendem Wasser, wo man sich vor dem Gebet nach präzisen Vorgaben Hände, Gesicht, Arme und Füße wäscht. Im Judentum gehört das Tauchbad, die Mikwe, zur Grundausstattung jeder Gemeinde; sie ist so bedeutend, dass ihr Bau sogar Vorrang vor der Errichtung einer Synagoge hat. Dabei muss es sich um fließendes reines Wasser handeln, und man muss vollständig untertauchen, um von ritueller Unreinheit befreit zu werden. Vor allem für Frauen gibt es detaillierte Vorschriften, auch bei der Konversion von Nichtjuden zum Judentum ist das Tauchbad essenziell.

Im Alten Testament, namentlich im 3. und 4. Buch Mose, stehen zahlreiche Anweisungen zur rituellen Reinigung von Körper und Kleidern, und die Wassersymbolik illustriert die Bereinigung der getrübten Gottesbeziehung, wie in den flehenden Worten Davids, „nachdem er zu Batseba eingegangen war" (Psalm 51,4.9): „Wasche mich rein von meiner Missetat, und reinige mich von meiner Sünde; ... Entsündige mich mit Ysop, dass ich rein werde; wasche mich, dass ich weißer werde als Schnee."

Im Christentum ist die Taufe ein zentrales Sakrament – besonders eindrucksvoll, wenn bei der Erwachsenentaufe der „alte Mensch" komplett untergetaucht wird und als „neuer Mensch" wieder auftaucht. Diese Reinigung hält im Unterschied zur Alltags-

Die Ganzkörpertaufe hat die Zeiten überdauert. Links in England, Ende 19. Jahrhundert, rechts in einer jungen Gemeinde in Kalifornien, 2004

wäsche lebenslang: Der getaufte Mensch bleibt mit Gott versöhnt, auch wenn er künftig wieder Fehler begeht. In der katholischen Kirche reinigt und heiligt man sich beim Betreten der Kirche durch Bekreuzigen mit Weihwasser, das generell der Übertragung des göttlichen Segens dient, nicht nur auf Menschen, sondern auch auf Devotionalien, Tiere, Gebäude, Fahrzeuge etc.

In Sachen Alltagshygiene hingegen hat sich das Christentum mit seinem Hang zur Körperfeindlichkeit wenig positiv hervorgetan. Kirchenlehrer Augustinus hielt ein monatliches Bad für gerade noch vereinbar mit einer christlichen Lebensweise; den Mönchen musste jeweils eine Grundreinigung vor Ostern und vor Weihnachten reichen. Baden galt aus christlich-asketischer Sicht als Ausdruck von Verweichlichung und Luxus, der Verzicht darauf als tugendhaft – all dies ein Gedankengut, für das im Gegensatz zum Fasten glücklicherweise keine moderne Renaissance in Aussicht steht.

Reinhard Jensen

Geist der Wahrheit

Am 5. Juni feiern wir das Pfingstfest

O komm, du Geist der Wahrheit
und kehre bei uns ein,
verbreite Licht und Klarheit,
verbanne Trug und Schein.
Gieß aus dein heilig Feuer,
rühr Herz und Lippen an,
dass jeglicher getreuer
den Herrn bekennen kann.

O du, den unser größter
Regent uns zugesagt:
Komm zu uns, werter Tröster,
und mach uns unverzagt.
Gib uns in dieser schlaffen
und glaubensarmen Zeit
die scharf geschliffnen Waffen
der ersten Christenheit.

Du Heilger Geist, bereite
ein Pfingstfest nah und fern;
mit deiner Kraft begleite
das Zeugnis von dem Herrn.
O öffne du die Herzen
der Welt und uns den Mund,
dass wir in Freud und Schmerzen
das Heil ihr machen kund.

Philipp Spitta

S: Johannis,
S: Marcus,
Gottes Geist wird aus gegoßen,
über Jesu Reichs genoßen, Actor. II.
S: Lucas,
S: Matthæus,

Bitte mehr Sonne

Mit dem Garten auf Du und Du

Als ich Ingrid noch nicht näher kannte, habe ich mich offen gestanden schon mal gefragt, ob sie ganz richtig im Kopf ist. Weil sie nämlich mit ihrem Gartenschlauch im Garten stand und sich mit den Pflanzen unterhielt. Durchs Fenster konnte ich es genau hören: „Na, ihr Schönen, jetzt wird's aber Zeit mit dem Gießen", sagte sie – das geht ja noch, aber dann: „Entschuldigung, dass ich mir so lange Zeit gelassen habe." Und mit dem Unkrautstecher in der Hand zur Distel: „Tut mir ehrlich leid, aber hier sollst du nun bitte nicht wachsen!"

Ich dachte mir, diese Frau müsste wohl sehr einsam sein, dass sie mit Pflanzen redete, aber das war gar nicht so, sie hatte Mann, Kind und Hund. Irgendwann bei einem Gartenzaungespräch habe ich mir dann ein Herz gefasst und sie einfach gefragt.

„Stimmt schon, das ist vielleicht ein bisschen seltsam", meinte sie. „Aber ich finde es gerade andersrum seltsam. Die meisten Leute finden es ja normal, wenn man den Garten ‚bestellt' und ‚bearbeitet' und ‚plant'. Aber ein Garten ist doch kein Ding, sondern sehr lebendig! Mit einem eigenen Charakter und einem eigenen Willen."

Ein eigener Wille? Zugegeben, mein Garten macht auch, was er will. Die schönsten Sonnenblumen wachsen nicht im Blumenbeet, sondern mitten im Gemüse, die Stockrosen in der Plattenfuge, die Löwenmäulchen im Schleierkraut und die Akelei sowieso überall außer da, wo ich sie mal ausgesät habe. Ich könnte die „falschen"

Gewächse natürlich rausreißen, aber was gibt mir das Recht dazu? Mein Garten wird am besten wissen, was ihm guttut. Ingrid hat mich darin bestärkt, dass ich meinen Garten künftig ernst nehme. Ich gehe herum und betrachte ihn ganz aufmerksam und versuche herauszufinden, was die Pflanzen mir sagen. „Hier ist es mir zu trocken", sagt die eine, eine andere: „Hier finde ich es richtig gut, hier breite ich mich aus!", eine dritte: „Bitte, bitte, mehr Sonne!". Wenn ihr Platz ihnen nicht gefällt, pflanze ich sie um – das heißt, ich biete ihnen einen anderen Platz an – und wir schauen gemeinsam, ob es ihnen da besser gefällt. Oder ich streue ihren Samen aus und sage: „Deine Nachkommen sollen es besser haben."

Ja, mit meinem Garten bin ich auf Du und Du. Dafür muss ich ja nicht gleich mit ihm reden. Oder jedenfalls nur irgendwie im Stillen. Ich könnte auch nicht mal genau sagen, zu wem oder was ich in meinen Gedanken dann wirklich spreche. Vielleicht ist das dann im Grunde so etwas wie ein Gebet.

Astrid Meinbrok

Der Vater des blinden Barden

Vor 250 Jahren wurde Fingals Höhle entdeckt

Es war einmal ein schottischer Hauslehrer, der Gedichte schrieb, von denen niemand Notiz nahm. Da begab es sich, dass er den Auftrag erhielt, die alten, mündlich tradierten gälischen Gesänge des schottischen Hochlands zu sammeln und schriftlich festzuhalten. Wo er sie hernehmen sollte, wurde ihm nicht gesagt. Was lag da näher, als sie selbst zu verfassen?

James MacPherson, so hieß der Hauslehrer, landete damit den literarischen Coup des Jahrhunderts. 1760 erschienen die „Fragments of Ancient Poetry", Gesänge des blinden gälischen Barden Ossian aus dem dritten Jahrhundert, wie MacPherson seinem geneigten Publikum weismachte. Und das Publikum konnte gar nicht genug davon kriegen. Dramatisch und ans Herz gehend, dichtete MacPherson munter weiter: „Fingal", „Temora" und schließlich „The Works of Ossian" in zwei Bänden. Ein blindes Huhn findet auch mal ein Korn.

Als dann der einflussreiche Kritiker Samuel Johnson auftrat und MacPherson der Hochstapelei, gar des Betrugs zieh, stellte sich das Publikum, das normalerweise immer aufhorchte, wenn der große Johnson das Wort ergriff, blind und taub. Der unterkühlten rationalistischen Aufklärung überdrüssig, erlag es der Ossianischen Krankheit. Auch der europäische Kontinent wurde von ihr ergriffen. Ossian-Motive inspirierten Schubert und Mendelssohn Bartholdy zu Kompositionen und geisterten durch das malerische und zeichnerische Werk unter anderem von Angelica Kauffmann, Koch, Ingres, Abilgaard und Runge. Die deutschen Dichter und Denker waren sowieso hin und weg, Klopstock allen voran. Novalis wurde ebenso angesteckt wie Schiller und die Brüder Schlegel. Herder bedauerte zutiefst, dass die Deutschen keinen Ossian hätten. Goethe übertrug Passagen daraus in Prosa und nahm sie in seinen „Werther" auf. An einer Stelle lässt er seinen überhitzten Titelhelden ausrufen: „Ossian hat in meinem Herzen den Homer verdrängt. Welch eine Welt, in die der Herrliche mich führt!"

Die Welt, aus der der Herrliche kam, war auch schnell gefunden. 1772 beschrieb ein Entdeckungsreisender eine gigantische Höhle auf der Hebriden-Insel Staffa, die die Einheimischen „Fingal's Cave" nannten. Fingal wiederum war den uralten Gesängen zufolge der Vater des blinden Barden. „Fingal's Cave" wurde zum Hotspot des 19. Jahrhunderts. Bis zu 300 Reisende landeten täglich auf Staffa. Ob MacPherson darunter war, ist nicht überliefert. Der Begründer der englischen Romantik starb hochgeehrt 1796 – elf Jahre, bevor sein Schwindel endgültig aktenkundig wurde. Da hatte Goethe sein Frühwerk längst hinter sich gelassen und war auf dem Weg zu seinem eigenen Denkmal.

Robert Huefner

Fingal's Cave: Königin Victoria, Sir Walter Scott, Wordsworth, Turner, Carus, später auch Fontane – alle waren sie dort, nur einer nicht: ihr Namensgeber

Juli

Und sie wunderten sich über die Maßen.

Markus 7,37

Sehnsuchtsort und Lebenswiege

Das Meer

Am Strand stehen und über das Meer blicken – schon bei der Vorstellung möchte man die Arme ausbreiten und ganz tief einatmen: diese Weite – diese Freiheit! Manchmal tut es dem Menschen gut, sich klein zu fühlen. Ja, es gibt etwas, das ist viel, viel größer als ich und meine kleine Welt, meine kleinen Kreise. „Alle Dinge, welche ich bisher von der Erde gesehen hatte, Alpen, Wälder, Ebenen, Gletscher etc. versinken zu Kleinigkeiten gegenüber der Erhabenheit des Meeres", schrieb Adalbert Stifter, als er 1857 in Triest zum ersten Mal das Meer sah.

Es ist ein Ort für alle Sinne, doch ohne jede Reizüberflutung: Das Kommen und Gehen der Brandung, rhythmisch, wie Atem, ewiges Kommen und Gehen. Wellenrauschen und Möwenschrei. Der herbe Duft von salziger Luft. Das ist, zugegeben, die romantisch-meditative Urlaubersicht auf das Meer. Sie lässt sich im Abendrot noch auf die Spitze treiben. Schon Heinrich Heine hat sich über die-

Urlaubsträume werden wahr, wenn sich der Weg durch die Dünen öffnet – und endlich, da ist es: das Meer!

Hans Baldung Grien malte 1516 ein in jeder Hinsicht schonungsloses Bild der Urkatastrophe der Menschheit. Verzweiflung und Todesangst überall, nur die Arche tanzt wie ein verriegeltes Schatzkästlein auf den Wellen. „Die Sintflut", Mischtechnik auf Holz (Ausschnitt)

ses Klischeebild lustig gemacht: „Das Fräulein stand am Meere / und seufzte lang und bang, / es rührte sie so sehre / der Sonnenuntergang."

Nun ist der Urlauber in der glücklichen Lage, dass er die Wassermassen nach Belieben hinter sich lassen kann, wenn es ungemütlich wird. Die unzähligen Menschen, die seit Jahrtausenden am und vom Meer leben, haben es nicht so einfach. Das Meer als Feind: Eine Ahnung davon kann uns an stürmischen Tagen an der See befallen. Donnernde Wellen, spritzende Gischt – das ist Naturgewalt pur. Und doch: Das Meer, so wissen wir heute und so ahnten es auch schon unsere Vorfahren, ist die Wiege des Lebens. Und es bietet Nahrung. Die Fischerei ist eine der ältesten Wirtschaftsformen der Menschheit. Aber die Wasserfluten können auch Leben zerstören, Land und Menschen verschlingen. In der archaischen biblischen Erzählung von der Sintflut ist diese Urangst abgebildet. Die alten Griechen sahen im Meer eine launische Gottheit am Werk, den Poseidon.

Das Mittelmeer stand, wie der Name schon sagt, im Mittelpunkt der antiken Welt und wirkte trennend und verbindend zugleich. Es ermöglichte einen regen Austausch nicht nur von Handelswaren, sondern auch von kulturellen Errungenschaften, vom Alphabet bis zum Christentum. Eine vergleichbare Dynamik zwischen den Küsten entwickelte sich im Spätmittelalter mit dem Aufblühen der Hansestädte. Doch Mittelmeer, Nord- und Ostsee sind eine vergleichsweise kleine Welt. Rund 70 Prozent der Erdoberfläche sind von Meeren bedeckt, das Festland ist also nicht die Regel, sondern die Ausnahme.

Die großen Ozeane mögen für die Altvorderen gefühlsmäßig wohl etwa das gewesen sein, was das Weltall für uns heute ist: unendlich, unüberwindlich, niemand weiß, was für Verheißungen irgendwo dort draußen warten und welche Bedrohungen in der Tiefe lauern – eine Mischung aus Grausen und Faszination, ein Lockruf an Abenteurer und Entdecker. Und an Kaufleute und Machtpolitiker. Ende des 15. Jahrhunderts verfügte man über die schifffahrtstechnischen Möglichkeiten und war mit Karten und Kompass in Sachen Geografie und Navigation so weit fortgeschritten, dass Europa sich aufmachte zur Eroberung der Weltmeere. Der Ozean war jetzt nicht mehr Barriere, sondern das Tor zur Welt.

Hier lohnt sich übrigens ein Blick über den europäischen Tellerrand. Schon im frühen 15. Jahrhundert, lange vor Kolumbus, schickte der seinerzeitige Ming-Kaiser Yongle („Fortdauernde Freude") eine riesige hölzerne Flotte auf die Reise, darunter achtmastige mehrstöckige Dschunken. So gelangten die Chinesen bis nach Hormus, Aden und Ostafrika. Nach drei Jahrzehnten wurde

die Seefahrt in ferne Länder allerdings umstandslos eingestellt – wohl eine machtpolitische Entscheidung. Offenbar hatten die Chinesen aber nie im Sinn gehabt, Kolonien zu gründen.

Ganz im Gegensatz zu den Europäern, die jenseits der Meere Stützpunkte errichteten und sie mit Waffengewalt gegen die „Wilden" verteidigten. Der Seehandel erwies sich als schier unerschöpfliche Goldgrube. Es war der Beginn des Kolonialismus. Europa wurde reich. Schon Sir Walter Raleigh brachte es auf den Punkt: „Wer die See beherrscht, beherrscht den Handel dieser Welt; wer den Handel der Welt beherrscht, herrscht über die Reichtümer dieser Welt und damit über sie selbst."

Wobei Risiko und Gewinn natürlich, wie stets, sehr ungleich verteilt blieben. Bezahlung und Arbeitsbedingungen für die Schiffsbesatzungen waren jämmerlich, dazu kam die Bedrohung durch Skorbut, Stürme und Piraten. Und doch fehlt es auch hier nicht an romantischer Verklärung: „Seemann, deine Heimat ist das Meer..."

Auch heute noch werden rund 90 Prozent des Welthandels auf dem Seeweg abgewickelt. Das scheinbar unendliche Meer indes stößt an seine Grenzen. Überfischung, Ölkatastrophen, Plastikmassen sind seine menschengemachten Leiden, Meeresströmungen geraten aus dem Takt. Mancher sagt: „Die Natur rächt sich", wenn mit dem Klimawandel in absehbarer Zeit Inseln und Hafenstädte in den Ozeanen zu versinken drohen. Die Menschheit täte gut daran, auf die Signale aus der Wiege des Lebens zu hören. Denn manchmal tut es dem Menschen gut, sich klein zu fühlen.

Reinhard Jensen

Urlaub mit Schopenhauer

Von der Würde der Gegenwart

Ein wichtiger Punkt der Lebensweisheit besteht in dem richtigen Verhältnis, in welchem wir unsere Aufmerksamkeit teils der Gegenwart, teils der Zukunft widmen, damit nicht die eine uns die andere verderbe.

Statt mit den Plänen und Sorgen für die Zukunft ausschließlich und immerdar beschäftigt zu sei oder aber uns der Sehnsucht nach der Vergangenheit hinzugeben, sollten wir nie vergessen, dass die Gegenwart allein real und allein gewiss ist; hingegen die Zukunft fast immer anders ausfällt, als wir sie denken; ja auch die Vergangenheit anders war; und zwar so, dass es mit beiden im Ganzen weniger auf sich hat, als es uns scheint. Denn die Ferne, welche dem Auge die Gegenstände verkleinert, vergrößert sie dem Gedanken. Die Gegenwart allein ist wahr und wirklich: Sie ist die real erfüllte Zeit, und ausschließlich in ihr liegt unser Dasein. Daher sollten wir sie stets einer heitern Aufnahme würdigen, folglich jede erträgliche und von unmittelbaren Widerwärtigkeiten und Schmerzen freie Stunde mit Bewusstsein als solche genießen, d.h. sie nicht trüben durch verdrießliche Gesichter über verfehlte Hoffnungen in der Vergangenheit oder Besorgnisse für die Zukunft. Denn es ist durchaus töricht, eine gute gegenwärtige Stunde von sich zu stoßen oder sie sich mutwillig zu verderben aus Verdruss über das Vergangene oder Besorgnis wegen des Kommenden.

Arthur Schopenhauer

Wer nicht verreisen will, kann ja beispielsweise in einem sommerlichen Biergarten die real erfüllte Zeit der Gegenwart einer heiteren Aufnahme würdigen. Auch den Impressionisten Max Liebermann, der am 20. Juli vor 175 Jahren geboren wurde, zogen Biergärten an, natürlich vor allem aus künstlerischen Gründen: in Berlin, Hamburg und anderswo fand er ideale Motive für seine bezaubernden Tableaus aus Licht und Farbe. Max Liebermann, „Biergarten", Öl auf Leinwand, 1915

Der Duft des Glaubens

Wie Glaube im Alltag verankert werden kann

Hier das Handeln, Denken und Fühlen im Glauben an Gott – dort die Kräfte, Zwänge und Ängste des Alltags. Jeder gläubige Mensch kennt die Erfahrung, dass er zu wenig liebevoll, zu wenig dankbar, zu wenig vertrauensvoll, zu wenig hingebungsvoll lebt. Wir wollen unser Leben christlich gestalten, bleiben aber immer wieder hinter unserer Absicht zurück. Das ist so, weil wir in unserer menschlichen Begrenztheit beherrscht werden von der lebensraubenden Knechtschaft, unter der wir stehen: die ständige Sorge, zu kurz zu kommen, oder die Angst, etwas zu verpassen. Jesus spricht diese Knechtschaft unter der Sorge in der Bergpredigt an.

Das Freiwerden von diesem sorgenvollen Kreisen um sich selbst ist der Ansatzpunkt dafür, dass sich der Glaube segensreich im Leben entfaltet: „Sorgt nicht um euer Leben, was ihr essen und trinken werdet; auch nicht um euren Leib, was ihr anziehen werdet… Trachtet zuerst nach dem Reich Gottes und nach seiner Gerechtigkeit, so wird euch das andere alles zufallen."

Unsere Sorgen und Ängste, unser Getriebensein von Stress, unerfüllten Wünschen und gescheiterten Anstrengungen widerstreben den guten Verheißungen des Glaubens wie Freude, Friede, Freiheit und Gelassenheit. Entscheidend ist: Ich bin von Gott gerufen. Das macht den Glauben aus – wie ich mich selbst verstehe und wie ich mein Leben führe. „Ich habe dich je und je geliebt, darum habe ich dich zu mir gezogen aus lauter Güte", spricht Gott. Gott beruft mich zum Leben als sein geliebtes Kind. Im Glauben ruft Gott mich heraus aus meinem Besetztsein von Selbstzweifeln und Unzufriedenheit. Das ist die Frohe Botschaft, das Evangelium:

Ich habe die Würde, Kind Gottes zu sein. Gottes Liebe macht mich bedeutend, wertvoll, schön in Gottes Augen. Das Annehmen und Ernstnehmen dieser Würde ist die Voraussetzung dafür, dass mein Glaube Auswirkungen auf meine Lebensführung hat.

Dass es im Glauben etwas zu lernen gibt über Lebensführung, wird daran deutlich, dass Jesus seine Jüngerinnen und Jünger in die Nachfolge ruft. Dieser Ruf wird als Weg beschrieben, als Prozess. Glaube ist etwas anderes als das Anerkennen von religiösen Ansichten. Glaube ist ein Weg der Verwandlung, den Gott mit mir gehen möchte.

In der Nachfolge eröffnet sich ein Entfaltungsraum für Liebesfähigkeit, Freiheit, Freude, Dankbarkeit, Geduld, Hoffnung, Achtsamkeit – und als Wurzel von all dem: das immer wieder neue Hören auf Gottes Ruf. Nicht dass wir theologisch oder moralisch wissen, was richtig und falsch ist, sondern dass wir uns im vertrauenden Mitgehen mit Gott gestalten, formen und verwandeln lassen. Mahatma Gandhi wurde einmal von christlichen Missionaren gefragt, was sie tun müssten, damit die Hindus die Bergpredigt annehmen. Seine Antwort lautete: „Denken Sie an das Geheimnis der Rose. Alle mögen sie, weil sie duftet. Also duften Sie, meine Herren!"

Der Duft des christlichen Glaubens ist vor allem dort verlockend, wo er verheißungsvoll ist, ein Frühlingsduft. Es geht um ganz elementare Dinge: dass ich mit meiner Begrenztheit und Schuld ehrlich umzugehen lerne in einer Zeit, in der Vertuschung und Schuldzuweisung an andere weithin der normale Umgang miteinander ist. Dass wir als Christen aus unserer Zeit und aus unseren Möglichkeiten nicht das Letzte herauspressen müssen, weil für uns das irdische Leben nicht die letzte Gelegenheit ist, weil wir auf eine gnädige Heilung und Vollendung hoffen dürfen. Das wäre eine ganz besondere Freiheit in einer Gesellschaft, die durch und durch geprägt ist von der ständigen Angst, etwas zu verpassen, und von dem Gefühl, etwas erleben zu müssen. Dass wir unser Leben, unsere Habseligkeiten und die Menschen, die uns begleiten, nicht als unser Recht oder Eigentum behandeln, sondern als Geschenke Gottes – in einer Welt, in der Dankbarkeit kaum etwas gilt, sondern vor allem das Recht des Stärkeren. Oder dass ich mich gehalten weiß – dieser beruhigende Duft der Geborgenheit ist etwas Besonderes in einer Gesellschaft, die zunehmend unter Vereinzelung leidet.

Das ist die Verheißung des Glaubens: Unser vertrauensvolles Hineingehen in dieses schöne und schwere Leben wird von Gott gestützt! Auch wenn uns diese Verheißung im Alltag oft und leicht entgleitet.

Deshalb haben feste Formen und Rituale ihren Sinn. Es ist wichtig, sich im Alltag unterbrechen zu lassen und immer wieder neu auf Gottes Verheißungen und Weisungen zu hören. Das wird durch das vierte Gebot ausgedrückt: „Du sollst den Sabbattag heiligen!" Der Glaube braucht die regelmäßige Durchbrechung des Ge-

wöhnlichen. Immer wieder zieht auch Jesus sich allein in die Stille zurück, um sich ganz Gott zuzuwenden und zu beten. Gerade das Unterbrechen des Alltags macht den Glauben tauglich für den Alltag. Gottesdienst und Gebet, Stille, Bibellese, Gespräch über den Glauben – all das in guter Regelmäßigkeit – sind die nicht immer begeisternden Übungen der Lebensführung im Glauben. Sie sind für die Verankerung des Glaubens im Alltag unerlässlich.

Fulbert Steffensky hat diese Grundformen des Hörens im christlichen Glauben einmal treffend „Schwarzbrotspiritualität" genannt. Also das Einfache, das aber unbedingt nötig ist. Diese geistlichen Unterbrechungen des Alltags sind kein Rückzug aus dem Alltag, sondern Möglichkeiten für Gott, mich zu verwandeln – vor allem dadurch, dass er redet und ich höre. Neben der „Schwarzbrotspiritualität" in der Lebensführung des Glaubens gibt es einen Aspekt, den ich „Entdeckungsspiritualität" nenne. Gemeint ist das erwartungsvolle Hineingehen in den Alltag – und nicht ein skeptischer, erwartungsloser oder sogar verachtender Blick auf die Welt.

In der christlichen Geschichte gab es immer wieder die Tendenz, die Alltagswelt, das Erdendasein abzuwerten. In Jesus aber kann das kein Vorbild finden! Er hatte keinerlei Berührungsängste. Und Gott zeigt sich im Alltag, in einer Begegnung, in einem plötzlichen Moment gelungener Nähe, in einer besonderen Aufgabe. Diese „Entdeckungsspiritualität" ist der Mut, sich auf das Leben einzulassen, es zu wagen, zu suchen und auszuprobieren – und gerade aus dem Vertrauen des Glaubens heraus darauf gespannt zu sein, ob da nicht inmitten der Unscheinbarkeit des Alltags plötzlich Zeichen Gottes aufglänzen.

Wenn ich im Glauben darauf vertraue, dass – wie Jesus sagt – das Himmelreich mitten unter uns begonnen hat, dann drückt sich Glaube im Alltag auch durch die Neugier aus, wie, wo und bei wem ich Gottes Gegenwart durchscheinen sehe in dem, was auf mich zukommt.

Jochen Maier

August

Behalten hat seine Zeit,
wegwerfen hat seine Zeit.

Prediger 3,6

Umleitungen

Dämme und Kanäle

Eine seltsame Faszination liegt darin, das Wasser, dieses un-fassbare Element, nach dem eigenen Willen zu lenken. Zum Beispiel: im Bach einen Staudamm bauen. Steine und Äste herbeischleppen, zum Abdichten Moos und Lehmbrocken, möglichst mit Wurzeln – das dichtet besser, wie schon der Großvater dem Enkelkind beigebracht hat. Triumph: Der Wasserspiegel steigt! Zum krönenden Abschluss kann man dann einen Durchstich im Damm anbringen, und eine reißende Flut schießt durch die Lücke. Toll! Das haben wir zusammen geschafft!

Ein zeitloser Sommerspaß seit Generationen: Staudämme bauen

Ein weiterer idealer Ort für wasserbauliche Schlüsselerlebnisse ist der Sandstrand. Da lassen sich Stunden zubringen mit der Anlage von Kanalsystemen, Bastionen, stillen Teichen – gern belebt mit ein paar bedauernswerten Krebsen – und reißenden Wildwasserströmen. Die Gezeiten sorgen für zusätzliche Dramatik. Schon leckt die Flut an eben erst erschaffenen

Sandlandschaften, kunstvoll muschelverzierte Burganlagen werden umspült, da bricht die erste Wand ... Und nichts bleibt. Welch kraftvolle Metapher für die Eitelkeit allen menschlichen Tuns! Und doch: Wie schön, da können wir morgen hier wieder was Neues bauen. Die philosophischen Implikationen würden Bände füllen.

Vom einfachen Bergbrunnen bis zum modernen Trinkwasserleitungssystem war es ein weiter Weg

Die ernsthafte Seite des Wasserbaus wurzelt tief in der Menschheitsgeschichte. Schon vorzeiten begann man, das Naturgegebene – Quellen, Fluss- und Bachläufe, Seen, Regen- und Grundwasser – nach menschlichen Bedürfnissen zu erschließen und zu lenken. Durch Rinnen, Rohre, Kanäle strömte es in Becken und Zisternen, um als Trinkwasser für Mensch und Vieh, zum Waschen und Wässern möglichst zuverlässig und reichlich zur Verfügung zu stehen. Das beginnt schon mit dem schlichten Metallrohr am waldigen Hang, aus dem das gesammelte Wasser der Bergbäche in einen Trog rinnt, und wurde verfeinert bis hin zu hochkomplexen Kanal- und Rohrsystemen: ägytische Bewässerungskanäle, römische Aquädukte, und die Mühle klappert am aufs Wasserrad geleiteten rauschenden Bach, ganz zu schweigen von Frachtschiff-Kanälen, Wasserkraftwerken und Trinkwassersystemen der Neuzeit.

Suonen oder Bissen heißen die teils kilometerlangen Wasserleitungen im Schweizer Kanton Wallis. Schon die Römer bauten dort Bewässerungssysteme; die ältesten noch vorhandenen stammen aus dem 13. Jahrhundert. Die Bisse d'Ayent – hier eine halsbrecherische Passage entlang einer Steilwand – ist so berühmt, dass sie es auf die neue 100-Franken-Banknote gebracht hat

Auch in der Bibel begegnet uns eine spektakuläre Wasserumleitung. Es ist der Kanal des Hiskia aus dem Jahr 701 v. Chr. Seinerzeit war Jerusalem bedroht von der Belagerung durch die Assyrer unter König Sanherib. Das Problem: Einzig die Gihonquelle spendete das ganze Jahr über Wasser. Die aber entsprang außerhalb der Stadtmauern in einer Grotte am Osthang von Jerusalem – übrigens auch ein Ort von großer symbolischer Bedeutung, denn hier wurde der Überlieferung nach Salomo zum König über ganz Israel gesalbt (1. Könige 1,38.39).

Hiskias Lösung war eine technische Meisterleistung: Er ließ einen unterirdischen Kanal von über 500 Metern Länge durch das Gestein schlagen, wie im Alten Testament berichtet wird (2. Chronik 32,30, 2. Könige 20,20). Innerhalb der Stadtmauern wurde das Wasser des Hiskiatunnels in einem Becken am Südende Jerusalems gespeichert, bekannt als Teich Siloah oder Schiloach, abgeleitet von hebräisch „schalach" – „senden, leiten", was sich schlicht auf die Wasserleitung bezieht. Damit war die überlebenswichtige Frischwasserversorgung in Belagerungszeiten sichergestellt.

Bekannt ist der Teich vor allem durch die Wundergeschichte von der Heilung eines Blindgeborenen nach dem Evangelisten Johannes. Seltsam umständlich bereitet Jesus hier erst einmal „einen Brei und strich den Brei auf die Augen des Blinden und sprach zu ihm: Geh zu dem Teich Siloah – das heißt übersetzt: gesandt – und wasche dich!" Warum dieser Umweg? Zu neutestamentlicher Zeit galt das Wasser des Teiches als heilkräftig. Während des Sukkot (Laubhüttenfest) fand eine Prozession statt, bei der Wasser vom Teich von Siloah zum Tempelaltar gebracht wurde. So verbindet der Hiskiakanal nicht nur Quelle und Becken, sondern auch Altes und Neues Testament. Das lebenssichernde Wasser, das die Gihonquelle zum Teich Siloah „sendet", verknüpft sich mit dem von Gott „Gesandten" Jesus und seinem heilsamen Wort.

Übrigens wurde der Teich Siloah aus der Zeit Jesu im Jahr 2004 durch Zufall bei Kanalarbeiten wiederentdeckt, und noch heute können Besucher durch den Hiskiatunnel waten, durch den nach wie vor das Wasser der Gihonquelle fließt.

Reinhard Jensen

Lebenspendendes Wasser in felsiger Tiefe: der Hiskiatunnel in Jerusalem, unterhalb des Tempelbergs gelegen

Made in Germany

Der lange Weg zum Gütesiegel

Was haben Uhren aus der Schweiz, Pralinen aus Belgien, Schuhe aus Mailand und Jamón Ibérico aus Spanien gemeinsam? Sie versprechen höchste Qualität.

Das gilt auch für die Herkunftsbezeichnung „Made in Germany". Bei ihrer Einführung war es allerdings ums Gegenteil gegangen – der Schriftzug „Made in Germany" sollte vor billigen Imitaten warnen. Auslöser waren wohl die Solinger Messerschmiede, die im 19. Jahrhundert das Vereinigte Königreich und seine Kolonien mit billigen Plagiaten fluteten. Ihre Klingen aus wenig dauerhaftem Gusseisen (statt aus Gussstahl) trugen die irreführende Prägung „Sheffield". Die Sheffielder Stahlindustrie, um ihre Absatzmärkte besorgt, rief die Politik um Hilfe. Am 23. August vor 135 Jahren ordnete das britische Parlament mit dem „Merchandise Marks Act" an, dass sämtliche Waren, die aus Deutschland ins Vereinigte

„Made in Germany" heißt heute: deutsche Wertarbeit. Was einst für „schlecht und billig" stand, gilt jetzt als Synonym für „gut und teuer"

„Made in Germany" war ursprünglich auch der Name des britischen Königshauses. Georg V. aus dem Hause Sachsen-Coburg und Gotha entledigte sich allerdings im Ersten Weltkrieg seiner deutschen Herkunftsbezeichnung. Seither tragen britische Monarchen den Zusatz „aus dem Hause Windsor". Karikatur aus der Satirezeitschrift „Punch" vom Juni 1917

Königreich oder in seine Kolonien importiert wurden, das Label „Made in Germany" tragen mussten.

Dass ein Stigma zum Qualitätsnachweis werden kann, hatte die britische Industrie nicht auf der Rechnung. Die deutschen Produzenten holten auf. Kleidung, Spielzeug, Bleistifte, Möbel aus Deutschland wurden wegen ihrer soliden Verarbeitung gefragte Konsumgüter. Und Bestecke und Schneidwaren aus Solingen genießen noch heute einen weltweit exzellenten Ruf. Ihre Erfolgsgeschichte lässt sich im Solinger Klingenmuseum nachvollziehen. In Solingen gibt es übrigens auch das Museum Plagiarius. Es versammelt Hunderte Originalprodukte und ihre Plagiate und informiert über die Schäden, die durch Produktpiraterie entstehen. Die „Sheffielder" Klingen wird man allerdings vergeblich suchen – die ältesten Exponate sind so alt wie das Museum selbst. In diesem Jahr feiert es seinen 40. Geburtstag.

Isolde Peterhans

Leuchtende Perlen

Ein Impuls aus dem Alltag

Mit meiner Frau drehe ich gelegentlich zu Fuß eine Runde. Wenn wir nicht viel Zeit haben, führt unsere Strecke meist ein Stück am Waldrand entlang. Je nach Tageszeit machen wir dabei ganz unterschiedliche Entdeckungen. Wenn es im hohen Gras am Wegrand Spinnennetze gibt, dann bemerken wir sie meist gar nicht, sie sind so unscheinbar.

Sind wir aber morgens in der Frühe unterwegs, dann staunen wir über die silbrig glänzenden Tautropfen, die in den Spinnennetzen hängen. Erst durch die Tautropfen fallen sie uns ins Auge. Sie sind wie Perlen an den Spinnfäden aufgereiht.

Das Gebet lässt sich mit so einem Spinnennetz vergleichen. Beim Beten spannen wir ein Netz auf, und wir haben es nicht in der Hand, was dann geschieht.

Immer wieder aber staune ich darüber, was Gott daraus macht.

Wie der Tau sich an die Spinnfäden hängt, so hängt sich Gottes Güte an unser Beten. Manchmal sind unsere Gebete tastend und unsicher. Sie gleichen den zerbrechlichen und unscheinbaren Spinnfäden.

Und doch: Es braucht nichts Gewaltiges oder Großes, um die Tautropfen aufzufangen. Der Atem Gottes lässt am Gespinst unserer Fragen und Nöte, unserer Freude und Dankbarkeit leuchtende Perlen wachsen, und das göttliche Licht entfaltet seine stille Kraft.

Dafür braucht es einfach nur achtsame Augen für diese kleinen Wunder am Wegrand unseres Lebens.

Markus Häfele

Die Unterhose bei Unterhausen

Kuriose Ausflugsziele für Kurzentschlossene

Wenn man von Reutlingen kommend südwärts fährt und den Eingang des Echaztals erreicht – von dort geht es dann über Unterhausen an der Burg Lichtenstein vorbei hinauf auf die Albhochfläche –, erblickt man auf einem Berggipfel ein merkwürdiges Gebilde. Es sieht aus wie eine riesige steif gefrorene lange Unterhose und heißt auch so, zumindest im Volksmund: Ondrhos. Allerdings gehört sie nicht zu Unterhausen, sondern zu Pfullingen, von dem aber dank der Umgehungsstraße nichts zu sehen ist. Bauherr war der Schwäbische Albverein, und hauptsächlich finanziert wurde sie von Louis Laiblin, dem Sprössling einer Pfullinger Papierfabrikantendynastie, der sich sofort nach seiner Heirat mit 24 Jahren in den Ruhestand begab und als Mäzen die schönen Künste förderte. Der Schönbergturm, so der offizielle Name, wurde 1905 errichtet, ist inklusive Fundament 28 Meter hoch und noch heute im Besitz des Schwäbischen Albvereins. Wozu ist er da? Man könnte zum Beispiel in dem einen Turmschaft 108 Stufen hinauf- und im anderen 108 Stufen hinabsteigen. Oben, auf knapp 800 Metern über NN, sieht man, wenn die Luft klar ist, bis zum Heizkraftwerk Altbach nahe Plochingen.

Auch bei klarster Luft kaum zu sehen ist das Camp Konrad in der Vulkaneifel im Kammerwald bei Duppach. Geplant war hier ein Wochenendhaus für den ersten Bundeskanzler der Republik, Konrad Adenauer. Der Bauantrag wurde so schnell genehmigt, dass die Presse die Ohren spitzte und herausfand, dass der Architekt Adenauers Schwiegersohn war.

Das Gerede brachte das ganze Bauvorhaben zum Erliegen, sodass die Villa mit 600 Quadratmetern Wohnfläche über den Rohbau nie hinauskam. Seitdem bröselt Camp Konrad vor sich hin. Das Gelände hat im Lauf der Jahrzehnte mehrfach den Besitzer gewechselt – gut möglich, dass Sie also am Ende eines Waldwegs plötzlich vor einem Zaun stehen und nicht weiterkommen. Bedauerlich, aber dies ist sowieso ein recht unwirtlicher Ort.

Ganz im Gegensatz zum „Krummen Häuschen" (Krzywy Domek), das die Flaneure in der Fußgängerzone des polnischen Ostseebades Sopot überrascht. Wer über den Anblick des 2004 errichteten Gebäudes ins Wanken gerät, kann sich zur Erholung direkt im Restaurant niederlassen. Keine Sorge, es befindet sich im Erdgeschoss, die Tische stehen also waagerecht und die Suppe bleibt im Teller.

Antje Rommel

September

Wenn ein Fremdling bei euch
wohnt in eurem Lande,
den sollt ihr nicht bedrücken.

3. Mose 19,33

Durstlöscher

Das Trinkwasser

Wasser kommt aus der Leitung. Wir sind es gewohnt, dass Trinkwasser bester Qualität allezeit und überall verfügbar ist. Wo das „Hahnenwasser" gut schmeckt, ist es das gesündeste, umweltfreundlichste und billigste Alltagsgetränk. Welch ein Luxus! In vielen Ländern ist das Leitungswasser von hygienisch bedenklicher bis katastrophaler Qualität, Trinkwasser muss kanisterweise gekauft werden, und in ländlichen Gegenden wird nicht selten das Wasser für die ganze Familie vom nächsten Brunnen stundenlang herbeigeschleppt – eine typische Frauen- und Kinder-Schwerstarbeit. Zu wenig Wasser, verschmutztes Wasser – die Menschen werden krank, besonders die Kinder. In der Arbeit von Brot für die Welt spielt der Bau von Brunnen und Wassertanks eine herausragende Rolle.

Unsereins erlebt „richtigen", das heißt quälenden Durst eigentlich nur noch aus Unverstand, typischerweise, wenn auf einer Wanderung das Wasser ausgeht. Welche Freude, wenn dann unverhofft ein Brunnen auftaucht – und welche Ernüchterung beim Anblick des Schildes „Kein Trinkwasser". Die Not lässt Hemmungen schwinden, man fragt wildfremde entgegenkommende Wandersleut', ob sie vielleicht einen Schluck entbehren könnten, oder klingelt am nächsten Haus und bittet

Wasser allein genügt nicht, hygienisch einwandfrei muss es sein. Zugang zu sauberem Trinkwasser ist von unschätzbarem Wert, hier in Rajasthan, Indien

um ein Glas Wasser. Wenn einem dann ein Mensch zu trinken gibt, stellt sich eine ganz besondere, elementare Dankbarkeit ein – die lebendige Erkenntnis, wie der Mensch auf den Menschen angewiesen ist. Durst ist eine Ur-Erfahrung.

Wenn es um die Frage nach dem Lebensnotwendigen geht, steht das Trinken noch vor dem Essen. Dursten ist etwas grundsätzlich anderes als hungern. Bei Nahrungsmangel verschwindet das Hungergefühl nach einigen Tagen, und der Körper greift auf Reserven zurück – er „isst sich selber auf" und kann so mehrere Wochen überdauern. Durst hingegen wird immer quälender, und der Körper hat keine Wasserreserven. Zwar besteht er gut zur Hälfte aus Wasser, aber der Mensch ist ein Wasserdurchlaufsystem. Für einen funktionierenden Stoffwechsel wird es ständig verbraucht und ausgeschieden und muss permanent nachgefüllt werden. Geschieht das nicht, wird die Situation schnell lebensbedrohlich. Nach einer Faustregel überlebt der Mensch ohne Essen drei Wochen, ohne Trinken drei Tage.

In der Bibel gibt es eine Fülle von „Durst-Worten", oft kombiniert mit dem Hunger. Der Durst ist Ausdruck für das unbedingt Notwendige, zum einen ganz konkret: „Ich bin durstig gewesen und ihr habt mir zu trinken gegeben" (Matthäus 25,35), vor allem aber bildlich, so in den Psalmen als Ausdruck für die Sehnsucht nach Gott: „Wie der Hirsch schreit nach frischem Wasser, so schreit meine Seele, Gott, zu dir" (42,2), „Meine Seele dürstet nach dir wie ein dürres Land" (143,6) oder in der Bergpredigt: „Selig sind, die da hungert und dürstet nach der Gerechtigkeit" (Matthäus 5,6).

Wer „von dem Wasser trinkt, das ich ihm gebe, den wird in Ewigkeit nicht dürsten", sagt Jesus im Johannesevangelium, und im letzten der biblischen Bücher steht das bekannte Wort: „Ich will dem Durstigen geben von der Quelle des lebendigen Wassers umsonst" (Offenbarung 21,6). Der Durst nach Leben ist, ebenso wie der körperliche Durst, absolut dringlich, immer wieder neu und somit unstillbar. Mit den Reserven kommt man nicht weit, es bleibt ein Suchen und Sehnen. Aus welchen Quellen schöpfe ich? Nur die, die von Gott kommen, sind gratis und unerschöpflich.

Reinhard Jensen

Weißes Hemd statt Schultüte

Zum Schulbeginn

Zweihundert Jahre hat die Schultüte schon auf dem Buckel. Schulanfängern versüßt sie den Einstieg in den Ernst des Lebens – aber nur hierzulande. Bei unseren Nachbarn geht es eher karg zu: In Italien gibt es im Mai und damit Monate vor Schulbeginn schon mal einen Schnuppertag, an dem die „Piccolini" von ihren künftigen Mitschülern mit Liedern und Sketchen empfangen werden. Den ersten regulären Schultag verbringen die meisten ganztags und damit auch zum Mittagessen in der Schule. Geschenke oder Schultüte: Fehlanzeige! Lehrmittelfreiheit gibt es auch nicht. Die Eltern müssen die Schulbücher selbst kaufen.

In der Schweiz, zumal im italienischen Tessin, gehen die Kinder schnurstracks in ihr Klassenzimmer und bekommen ihren Stundenplan ausgehändigt. Da wird mit dem Ernst des Lebens noch Ernst gemacht.

In Russland dürfen die Erstklässler an ihrem ersten Schultag eine halbe Stunde später kommen und werden mit Gesang

Einschulung 1935 und 2018

und Tanz in der Aula oder in der Turnhalle begrüßt. Für eine Übergangszeit von etwa zwei Wochen halten die Lehrkräfte die Zügel noch locker. Danach werden sie angezogen.

Wann ist man eigentlich reif für die Schule? Bei uns gibt es Spielräume – je nach Stand der persönlichen Entwicklung können deutsche Kinder schon im sechsten Lebensjahr eingeschult werden oder erst mit sieben. In den Niederlanden besteht Schulpflicht schon ab dem vierten Lebensjahr.

Kleine Geschenke erhalten die kleinen Ungarinnen und Ungarn zur Einschulung. Eingekleidet werden die Mädchen traditionell mit dunklem Rock und weißer Bluse, die Jungen mit dunkler Hose und weißem Hemd. Am ersten Schultag hält der Rektor oder die Rektorin eine Rede, und dann geht's ab ins Klassenzimmer.

Ob mit oder ohne Schultüte – meistens geht ja alles gut, und ein Großteil der Kinder ist wirklich eifrig bei der Sache. Man sollte ihnen nur nicht von Winston Churchill erzählen, der nach eigenem Bekenntnis kein sonderlich fleißiger Schüler gewesen ist. Einmal musste die Klasse einen Aufsatz schreiben. Winston war als erster fertig. Das Thema lautete: „Was ist Faulheit?" In Winstons Heft stand ein einziges Wort: „Das!"

Johannes Siebold

„Sehr gute hygienische Verhältnisse"

Vor 130 Jahren verwandelte die Cholera Hamburg in eine Todeszone

Zehn Wochen lang, bis in den Herbst 1892, wütete die Cholera, von osteuropäischen Auswanderern eingeschleppt, in der Hansestadt. Die grausige Schlussbilanz verzeichnete mehr als 8600 Todesopfer.

Ob man den Ausbruch der Seuche hätte verhindern können? Entschlossenes Handeln beim ersten Auftreten eindeutiger Symptome wäre sicherlich das Gebot der Stunde gewesen, aber Handeln nach welchen Richtlinien? Die Furcht von Senat und Bürgerschaft vor wirtschaftlichen Einbußen war größer als die vor einem Seuchenausbruch. Zudem hing der Großteil der Hamburger Ärzteschaft den Theorien des einflussreichen Münchener Hygienikers Max von Pettenkofer an. Der hatte sich in über 70 Abhandlungen zur Cholera einen hervorragenden Ruf erschrieben, eine Verbreitung der Krankheit durch kontaminiertes Trinkwasser aber stets vehement bestritten. Die allerdings war bereits 1884 durch den Berliner Infektiologen Robert Koch nachgewiesen worden. Bei gesundheitspolitischen Fragestellungen hatte Pettenkofers Stimme Gewicht – seine Kritik an zu viel staatlicher Intervention spielte den Hamburger Kaufleuten in die Karten.

Trinkwasser entnahmen die meisten Hamburger ungefiltert der Elbe und den Fleeten. Es gab zwar eine Kanalisation, aber das Abwasser landete ungeklärt im Hafen. Der Sommer 1982 war ungewöhnlich heiß, der Pegelstand der Elbe niedrig, und die mit den Gezeiten zwischen Hafen und Innenstadt hin- und herschwappende warme Brühe begünstigte die Vermehrung von Keimen jeder Art.

Am 14. August erkrankte ein Arbeiter an „Brechdurchfall" und starb kurz nach der Einlieferung ins Krankenhaus. Dem behandelnden Arzt riet man, er möge kein Aufsehen machen. Noch am 22. August (70 Tote), als der Nachweis von Cholera-Bakterien erbracht war, schickte man den aufgeschreckten US-amerikanischen Vizekonsul mit der Versicherung nach Hause, in Hamburg gebe es keine Cholera. Die Auswandererschiffe liefen weiter nach New York aus.

Tags darauf (89 Tote) meldete Hamburg den Ausbruch der Epidemie an das Kaiserliche Gesundheitsamt in Berlin und überließ sich in der Folge eher unwillig den Anordnungen von Robert Koch, dem Direktor des Preußischen Instituts für Infektionskrankheiten. Koch nahm kein Blatt vor den Mund, als er die Elendsquartiere in der Hamburger Innenstadt besichtigte und mit den Eindrücken verglich, die er in Kalkutta und Alexandria gesammelt hatte. Sein berühmter Satz: „Meine Herren, ich vergesse, dass ich in Europa bin" stellte den Regierenden Hamburgs ein vernichtendes Zeugnis aus. Als Koch am 25. August (218 Tote) die Auswandererquartiere am Amerikakai inspizierte – nach behördlicher Einschätzung herrschten dort „sehr gute hygienische Verhältnisse" –, packte ihn das Grauen: „Es war mir zu Muth, als wanderte ich über ein Schlachtfeld", schrieb er seiner Geliebten nach Hause.

Am 30. August (537 Tote) nahm eine Cholera-Kommission ihre Arbeit auf. 43 Stellen zum Abkochen von Wasser wurden eingerichtet, Garküchen sorgten für bakterienfreie Mahlzeiten. Schulen und Bäder wurden geschlossen, Tanzveranstaltungen verboten. Die arbeitslos gewordenen Hafenarbeiter teilte man in Desinfektionskolonnen ein, die mit Chlorkalk und Karbol durch Häuser und Straßen zogen. Andere schaufelten Gräber auf den Friedhöfen. Derweil starben die Menschen täglich zu Hunderten. Betroffen waren vor allem die Armen. Aber auch die Reichen, wenn sie nicht rechtzeitig Hamburg verlassen hatten, waren einer Ansteckungsgefahr ausgesetzt, denn Dienstboten trugen die Keime in ihre Häuser. Erst am 4. September (402 Tote) gingen die Schreckenszahlen langsam zurück.

Abgabe von keimfreiem Wasser an die Bevölkerung. Illustration aus der „Gartenlaube", 1892

Die Cholera-Epidemie zwang die Hamburger Politik, Vorkehrungen für die Zukunft zu treffen. Ein Wasserfiltrierwerk wurde im Jahr nach der Katastrophe fertiggestellt, eine Müllverbrennungsanlage nahm ihren Betrieb auf, die Gängeviertel wurden abgerissen bzw. saniert und die Stadt beschloss eine Reihe von Baugesetzen zur Förderung der Hygiene in Wohnhäusern.

Während diese Zeilen geschrieben werden, ist Europa gleichsam über Nacht zum Epizentrum der neuartigen Corona-Pandemie geworden. Das damalige Hamburg ist völlig verändert aus der Cholera-Krise hervorgegangen – ob wir eines Tages in einem völlig veränderten Europa aufwachen, bleibt abzuwarten. Vielleicht gehen wir gerade durch eine Vorschule der Krisenbekämpfung, denn die eigentliche Bewährungsprobe, das Bewältigen der noch viel umfassenderen Klimakrise, steht uns noch bevor. Vor Hochmut gegenüber den Altvorderen sollten wir uns jedenfalls hüten. Wie wohl unsere Nachfahren einmal auf unseren Umgang mit der Corona-Pandemie und ihren Folgen zurückblicken werden?

Horst Hufinck

Picknick mit Blaskapelle

Vor drei Jahren verschwand Thomas Cook vom Reisemarkt

Touristische Führungen, Reiseliteratur und -kataloge, Hotelgutscheine – was immer wir mit dem Massentourismus verbinden, hat seinen Ursprung in einem Augenblick, den man mit dem Mann, der ihn erlebt hat, „Erleuchtung" nennen kann. Thomas Cook, ein baptistischer Laienprediger aus der mittelenglischen Provinz, war eines Tages zu Fuß unterwegs zu einem Konvent von Abstinenzlern, als ihm der Gedanke kam, die segensreiche Entwicklung der Eisenbahn in den Dienst der Abstinenzbewegung zu stellen. Gedacht, getan: Im Sommer 1841 transportierten neun offene Waggons 570 Menschen von Leicester ins 18 Kilometer entfernte Loughborough, an Bord war eine Blaskapelle, gereicht wurden (nichtalko-

Wer vor 100 Jahren Luxor, Assuan oder Abu Simbel besichtigen wollte, hätte wohl keine komfortablere Reise bekommen können als eine Schiffspassage mit Cook & Son

holische) Getränke und Gebäck. Das war die Geburtsstunde der Pauschalreise, einer gemeinsamen Fahrt zu einem Ziel, an dem eine Attraktion wartete (wenn man ein Abstinenzlertreffen so bezeichnen will), Unterhaltung und Verpflegung inklusive.

Thomas Cook entdeckte die Reiseorganisation als Berufsfeld, befeuert von einem wahrhaft missionarischen Eifer, mit dem er den englischen Fabrikarbeitern promillefreie Alternativen zum teuflischen Sog des Alkohols bot. Mit Thomas Cook gelangten einfache Menschen zum ersten Mal ans Meer und in die schottischen Highlands. Wie erfolgreich sein Geschäftsmodell von Anfang an gewesen ist, lässt sich an zeitgenössischen Klagen der privilegierten Schichten ablesen, die nun ihre Lieblingsorte mit dem gemeinen Mann teilen mussten.

1872 machte Cook seinen Ältesten zum Geschäftspartner, und der überredete den Senior ein paar Jahre später, in den Ruhestand zu gehen. Unterdessen wuchs und wuchs das Cook-Imperium, übernahm logistische Aufträge der britischen Streitkräfte und organisierte den Postdienst in Ägypten, gründete Dependancen in vielen Ländern und war 1900 Weltmarktführer in der Reisebranche. 1928 wurde Thomas Cook & Son erstmals verkauft, 1948 wurde es Teil von British Rail, 1977 gelangte es in den Besitz der Midland Bank, 1992 der WestLB und der Fluggesellschaft LTU. 27 Jahre später brach das Traditionshaus unter seinem extrem hohen Schuldenberg zusammen. 2019 folgte die Insolvenz.

Klassische Pauschalreisen wirken heute ein wenig wie aus der Zeit gefallen. Konjunktur haben Reiseformen, -ziele und -angebote, die das Einzigartige, Singuläre, Authentische hervorkehren und uns glauben machen, sie seien genau auf unsere individuellen Bedürfnisse zugeschnitten. So gesehen, sind unsere Vorstellungen gar nicht so weit entfernt von einem Satz, den Thomas Cook 1851 in einen seiner Reisekataloge schrieb: „Reisen vertreibt den Rost der Umstände und vermenschlicht die Seele."

Leon S. Kaja

Oktober

Gott hat uns nicht gegeben
den Geist der Furcht.

2. Timotheusbrief 1,7

Alles Gute kommt von oben

Der Regen

Im Herbst wird es ungemütlich. Wind und Regen – das nennen wir traditionell „schlechtes Wetter". Regen gilt als Freizeitspaßverderber. Die Touristikbüros überbieten sich gegenseitig im Anpreisen von Angeboten für Schmuddelwetterkalamitäten, von „Hamburg bei Regen" über „Indoor-Aktivitäten in Karlsruhe" bis zum „Schlechtwetterprogramm in Garmisch-Partenkirchen". Das Problem ist nicht neu. Als Kinder haben wir die Nasen an der Fensterscheibe platt gedrückt, an der die Regentropfen herunterrannen. Langweilig. Doch dann wurden die Regenjacken, die Regenschirme und Gummistiefel herausgeholt, und dann ab durch die Pfützen, hurra!

In jüngerer Zeit allerdings haben wir den Regen auch anderweitig ganz neu schätzen gelernt. Der Klimawandel macht's möglich. Vor allem unter Landwirten und Gartenbesitzern ist man geneigt, jeden Regenschauer freudig zu begrüßen. Besonders willkommen ist, was früher am unbeliebtesten war: sanfter Landregen über Stunden und Tage, sodass der Boden Zeit hat, das Regenwasser in aller Ruhe aufzunehmen. Doch in letzter

Zeit bricht im ungünstigen Fall im April schon die Sommerdürre aus, und in manchen Gegenden können wir erleben, wie es im Oktober noch einmal Frühling wird, mit frischem Blattaustrieb und Blüten, wenn die herbstlichen Regenfälle die Natur wieder zum Leben erwecken. Andererseits nehmen im Zuge des Klimawandels auch Unwetter mit Starkregen und Überschwemmungen zu. Wir schwanken zwischen Wolkenbrüchen und Dürre, zwischen zu viel und zu wenig.

Immerhin wächst damit unser Verständnis für die vielen Gegenden auf dem Globus, die seit eh und je mit der Dürre leben, so wie auch schon zu biblischer Zeit. Im Alten Ägypten wurde damals ein hoch entwickelter Bewässerungsfeldbau betrieben, mit erstaunlichem Know-how war der Mensch Herr über das Wasser, das der Nil herbeischaffte. Im Gelobten Land hingegen war man auf die Regenfälle angewiesen. In der Verheißung an Mose (5. Mose 11, 10ff.) liest sich das so: „Das Land, in das du kommst, es einzunehmen, ist nicht wie Ägyptenland …, wo du deinen Samen säen und selbst tränken musstest wie einen Garten, sondern es hat Berge und Auen, die der Regen vom Himmel tränkt." Das klingt verlockend, doch die Kehrseite: Alles Wohl und Wehe hängt vom Wetter ab. Was natürlich so nicht gesehen wurde, sondern Regen galt als Gottesgeschenk – „Werdet ihr nun auf meine Gebote hören …, so will ich eurem Lande Regen geben zu seiner Zeit, Frühregen und Spätregen" – und sein Ausbleiben wurde dementsprechend als göttliche Strafe aufgefasst.

Im Alten Testament ist immer wieder vom Frühregen und Spätregen die Rede. Ersterer fiel im Regelfall wolkenbruchartig Ende September/Anfang Oktober nach monatelanger sommerlicher Dürre und machte den Boden bereit zur Aussaat. Nach einer Phase mit nur sporadischen Regenfällen im Winter kamen die ergiebigen Niederschläge des Spätregens im März/April; erst dann konnte das Getreide ausreifen, das in der folgenden Trockenzeit geerntet wurde. Es musste also nicht nur ausreichend, sondern auch zu bestimmten Zeiten regnen. So lautet die Verheißung: „Der Herr wird dir seinen guten Schatz auftun, den Himmel, dass er deinem Land Regen gebe zur rechten Zeit." (5. Mose 28,12)

Der lebenspendende Regen ist auch Symbol für den göttlichen Segen und für das Gotteswort selbst, denn ebenso wie der gottgesandte Regen wird es „nicht wieder leer zu mir zurückkommen, sondern wird tun, was mir gefällt, und ihm wird gelingen, wozu ich es sende" (Jesaja 55,11). Trübe Herbsttage, an denen der Himmel die sommerdürre Erde wieder mit Wasser auffüllt, sind eine gute Gelegenheit, diesen Gedanken zu meditieren.

Reinhard Jensen

O die schöngekerbten Knollen!

Zum Erntedankfest am 2. Oktober

Kindlein, sammelt mit Gesang
Der Kartoffeln Überschwang!
Ob wir voll bis oben schütten
Alle Mulden, Körb' und Bütten;
Noch ist immer kein Vergang!

Wo man nur den Bulten hebt,
Schaut, wie voll es lebt und webt!
O die schöngekerbten Knollen,
Weiß und rot und dick geschwollen!
Immer mehr, je mehr man gräbt!

Nicht umsonst in bunter Schau
Blüht' es rötlich, weiß und blau!
Ward gejätet, ward gehäufet:
Kindlein, Gottes Segen reifet!
Rief ich oft, und traf's genau!

Einst vom Himmel schaute Gott
Auf der Armen bittre Not:
Nahe ging's ihm; und was tat er
Uns zum Trost, der gute Vater?
Regnet' er uns Mannabrot?

Nein, ein Mann ward ausgesandt,
Der die neue Welt erfand!
Reiche nennen's Land des Goldes:
Doch der Arme nennt's sein holdes
Nährendes Kartoffelland!

Nur ein Knöllchen eingesteckt,
Und mit Erde zugedeckt!
Unten treibt dann Gott sein Wesen!
Kaum sind Hände g'nug zum Lesen,
Wie es unten wühlt und heckt!

Was ist nun für Sorge noch?
Klar im ird'nen Napf und hoch,
Dampft Kartoffelschmaus für alle!
Unsre Milchkuh auch im Stalle
Nimmt ihr Teil und brummt am Trog!

Aber, Kindlein, hört! ihr sollt
Nicht verschmähn das liebe Gold!
Habt ihr Gold, ihr könnt bei Haufen
Schöne Saatkartoffeln kaufen,
Grad' aus Holland, wenn ihr wollt!

Johann Heinrich Voß

Zweifellos hat das Gedicht „Kartoffelernte" seine unfreiwillig komischen Seiten. Doch das Anliegen des Dichters war bitterernst: Johann Heinrich Voß (1751–1826) trug die Aufklärung in die untersten sozialen Schichten, allerdings vom Postament des Hausherrn herab, der zu seinen „Kindlein" spricht, sowie mit der Haltung des Geistlichen, der Gottes Kartoffelsegen mit dem biblischen Manna vergleicht, und der des Schulmeisters, der den Ahnungslosen beibringt, woher die Kartoffel kommt.

Im Oktober vor 530 Jahren schickte Gott Kolumbus nach Amerika. Den wahren Schatz der Neuen Welt, die Kartoffel, kennt nur der ehrliche Landmann Voß'scher Provenienz – und ihm gilt auch gleich die Verheißung: Wenn er nur sorgsam wirtschaftet, wird er eines Tages so viel Geld in der Tasche haben, dass es auch für holländische Saatkartoffeln reicht.

Dass sich Voß so ausdrücklich und trotz seiner Von-oben-herab-Positur auf die Seite der armen Bevölkerung schlägt, hat übrigens auch biografische Gründe: Sein eigener Großvater war noch als Leibeigener auf die Welt gekommen.

Nicholas Stoll

Kämpfer, Heiliger, Junker

Die Erfindung der Marke Luther. Zum Reformationstag

Im Jahr 1520 schrieb Albrecht Dürer einen folgenschweren Brief an Georg Spalatin, den Geheimsekretär von Kurfürst Friedrich dem Weisen von Sachsen. Darin äußert er den großen Wunsch, „das jch zu doctor Martinus Luther kum, so will jch in mit fleis kunterfetten und in kupfer stechen zu einer langen gedechtnus des kristlichen mans." – Bekanntlich wurde daraus nichts, Dürers Idee aber zündete. Spalatin dürfte die Durchschlagskraft eines Kupferstichs, insbesondere die Möglichkeit seiner massenhaften Verbreitung, sofort erkannt haben. Umgehend beauftragte er Hofmaler Lucas Cranach d. Ä. mit einem Lutherbildnis.

Spalatin agierte, wie man heute sagen würde, als PR-Beauftragter des Wittenberger Hofs und war damit verantwortlich für die publizistische Verwertung wie auch für die Kontrolle der Umwälzungen, die der Augustinermönch Luther mit seinen Thesen angestoßen hatte. Wie genau er Cranach briefte, ist nicht überliefert, doch das erste Porträt, das der Künstler 1520 in Kupfer stach, kam über ein paar Probedrucke nie hinaus. Warum mag Spalatin seine Auslieferung unterbunden haben? Wir sehen den jungen Luther mit angespanntem Gesichtsausdruck, er wirkt entschlossen und seiner Sache absolut sicher. Das Porträt wirkt, als stellte es die reformatorische Sache auf einen Starrkopf ab, als verpflichtete sich die sächsische Politik auf den Willen einer Einzelperson von geistlichem Stand. Es ist also genau das, was uns heute für dieses erste Lutherbildnis einnimmt und was seine heutige Bekanntheit erst begründet hat – die Darstellung eines asketisch wirkenden und energiegeladenen Geistes – und was mit der sorgsam austarierten Außenpolitik der sächsischen Staatskanzlei vermutlich nicht vereinbar war. Das Image von Luther als kämpferischem Freigeist hätte eine gütliche Einigung der Konfliktparteien, die sich Friedrich der Weise vom Wormser Reichstag 1521 erhoffte, kaum befördert.

Mit dem zweiten Versuch Cranachs entstand der Luther, den der sächsische Hof im Vorfeld von Worms brauchte: ein milde gestimmter nachdenklicher Mönch, der nicht schon weiß, sondern klug erwägt, der erst in der Bibel liest und dann die Augen himmelwärts richtet. Am wichtigsten sind ja häufig die Nebensachen. Die Nische, in die Cranach sein Modell platzierte, war die Standardkulisse von Heiligendarstellungen, der gleichen ikonografischen Tradition entstammen Himmelsblick und Demutsgeste der Linken.

Die Idee des protestantischen „Rollenporträts" war in der Welt: Luther als Heiliger – diese Rolle hat ihre Wirkung nicht verfehlt. Zu seiner Zeit war es das populärste Lutherbild Cranachs. Unzählige Male wurde es im Wortsinn abgekupfert, und kein Geringerer

als Dürers Schüler Hans Baldung Grien hat dabei 1521 den Vogel abgeschossen bzw. ihn erst ins Bild gesetzt: die Taube des Heiligen Geists über Luthers Haupt, das von einer Strahlenkrone erleuchtet ist.

Die Menschen kauften und küssten das Lutherbild, klagte ein päpstlicher Legat vom Wormser Reichstag, als sei es eine religiöse Ikone. Und ein zeitgenössischer Bericht erzählt von der Verbrennung ketzerischer Schriften, bei der sich Lutherbildnisse dem Feuer widersetzt hätten.

Auf den heiligen Luther folgte noch im gleichen Jahr der Gelehrte mit Doktorhut im Profil. Profilbildnisse waren erst kurz zuvor in die Porträtkunst eingewandert. Ursprünglich zeigten sie auf Münzen oder Siegeln die hohe Prominenz des Kaisers oder Fürsten. Cranachs einziges Profilbild verleiht dem Porträtierten Luther eine Aura von „Amtlichkeit", indem es ihn in die staatlich-politische Sphäre rückt.

Noch einen Schritt weiter geht ein überaus populärer Holzschnitt, auf dem Cranach den Reformator als Junker Jörg dargestellt hat. Das Bildnis begleitete Luthers Rückkehr von der Wartburg im Frühjahr 1522. Nun tritt der Glaubensheld im weltlichen Habit auf, als Repräsentant der

Ordnungsmacht, der in enger Abstimmung mit der Obrigkeit den radikalen Wildwuchs der Reformation beschneidet und die Belange des neuen Glaubens in geordnete Bahnen lenkt.

Kämpfer, Heiliger, Gelehrter, Junker: Bei diesen vier Erscheinungsformen ist es in der Folge nicht geblieben. Luther ist noch zu Lebzeiten als Evangelist dargestellt worden, als Prophet, deutscher Herkules und zweiter Mose. Was der Reformator selbst zu den Lutherbildnissen gesagt hat, wissen wir nicht. Es spielt aber auch keine Rolle. Das öffentliche Lutherimage bestimmte anfangs ganz maßgeblich Georg Spalatin. Wer weiß – ohne sein treffsicheres Gespür für eine publikumswirksame Luther-PR wäre die Reformation möglicherweise anders verlaufen.

Peter Cordtmann

Der bunte Reigen der Farben

Beschreibung einer Landschaft

Oktoberwende hat längst die letzten Trauben von den Reben gelöst, aber noch glühen die Weingärten in einem sanften und doch feurigen Licht. Blatt an Blatt leuchtet blank und messingfarben und immer, wenn eine sanfte Brise die zitternden umlegt, meint man, sie klingen zu hören wie feine metallene Scheiben. Dunkler sieht der Herbst ins Land. Die Berge haben schon Schnee auf dem Scheitel, doch ihre Brust liegt noch frei und grün und leuchtend umschnürt ihre tiefe Hüfte der farbige Gurt der Weinberge. Ganz weit scheint der Winter noch. Nur die Höhen, die weiter in die Ferne schauen, scheinen ihn bereits erspäht zu haben, das Tal freut sich tief der Sonne und wird nun feuriger in den herbstlichen Farben. Wie brennende Büschel flackern einzelne Bäume rote Warnung ins Land, rostfarben leuchten die Stämme und das heitere Gelb der welken Blätter mengt sich fröhlich ins dunkle Grün der Matten. Unwandelbar aber schließt oben der blaue Himmel mit einem weiten, voll ausgespannten Klang den bunten Reigen der Farben. Es ist ein Herbst ohne Ende, ein Herbst ohne Bitterkeit, der hier langsam Winter wird und – man fühlt es – ein milder geruhiger Winter, ohne Härte und Harm.

Stefan Zweig

November

Er führte mich hinaus
ins Weite, er riss mich heraus;
denn er hatte Lust zu mir.

2. Samuel 22,20

O, schaurig ist's

Der Nebel

Im Althochdeutschen hieß der November „Nebelung", Nebelmonat. Auf stimmungsvollen November-Kalenderbildern heben sich gern pittoreske kahle Zweige aus dunstverschwommener Landschaft. Doch im Zuge des Klimawandels gehen die Novembernebel zurück. Wer mag darin einen Verlust sehen? Viele!

Wie sieht die Welt im Nebel so anders aus! Der Mensch ist ein Augentier, das gerne sagt: „Ich glaube nur, was ich sehe!" Tatsächlich? Dann kommen im dicken Nebel die Gewissheiten leicht abhanden. Du stehst in der Welt und doch im Nichts. Man kann das gruselig finden oder spaßig. Es ist ein schönes Spiel, aus dem Fenster zu schauen und sich vorzustellen, jenseits des Nebelvorhangs sei etwas ganz anderes als das Gewohnte, Vertraute: „Opa, stell dir vor, da fängt jetzt ein großer Wald an! ..."

Wer im Straßenverkehr unterwegs ist – Stichwort: Massenkarambolage auf der Autobahn – oder schon einmal auf einer Wattwanderung von einer plötzlich aufziehenden Nebelbank überrascht wurde, findet dieses Wetterphänomen weniger angenehm, ebenso wie in früheren Zeiten die Seeleute oder Wanderer in Gebirgen

und Moorgegenden: „O, schaurig ist's, übers Moor zu gehn, wenn das Röhricht knistert im Hauche!" Nebel macht orientierungslos, er verunsichert bis hin zum Gefühl der Bedrohlichkeit: Was lauert da draußen? Was sind das für Schemen? Wenn der Mensch „seinen Augen nicht mehr trauen kann", übernimmt die Fantasie.

Auch für schöne Sprachbilder ist der Nebel gerade recht. Was bei Nacht und Nebel getan wird, soll keiner sehen, es ist zumindest an der Grenze von Gesetz oder Moral. Verliert sich das zu Berichtende „im Nebel der Geschichte", dann ist es mit Klarheit und Objektivität vorbei, so wie bei allen „nebulösen" Angelegenheiten.

Doch auch die bedrohliche Seite des Nebels lässt sich genießen: Im Film wabern Nebelschwaden über Kirchhöfe oder man fürchtet sich lustvoll vor dem „Nebel des Grauens". Ein paar beliebig herausgegriffene Krimititel lauten: „Die Tote im Nebel", „Mord im Nebel" oder auch, weniger direkt, „Das Ding im Nebel" oder schlicht: „Nebel über München". Da reicht schon der Nebel an und für sich, um ein schwebendes Gefühl der Verunsicherung zu erzeugen. Mit Mord und Toten holt man in dem Genre keinen Hund mehr hinterm Ofen hervor, aber allein durch das Wort „Nebel" gewinnt der triviale Titel immens an atmosphärischer Tiefe.

Welch eine Wirkmacht von etwas, das materiell fast nichts ist: in der Luft schwebende Wassertröpfchen! Andere Erscheinungsformen dieses Phänomens nennen wir Dunst, Wolken oder Wasserdampf bzw., korrekt gesagt, „Dampfschwaden". „Echter" Wasserdampf ist nämlich eigentlich gasförmiges Wasser und

daher (wie die meisten Gase) unsichtbar, weil er aus farblosen Wassermolekülen besteht. Was wir gemeinhin als „Wasserdampf" bezeichnen, ist infolge von Abkühlung schon wieder auf dem Weg zum Flüssigwasser: Die Moleküle haben sich zu winzigen Tröpfchen zusammengefunden, die in der Luft schweben und das Licht streuen, was dem Auge als mehr oder weniger dichte weißliche Wolke erscheint. So entsteht die „Waschküche", die Betagtere unter uns noch aus der Jugendzeit kennen, als man am Waschtag mit Waschkessel und Waschbrett hantierte. Dampf steigt auch verheißungsvoll aus dem Topf mit heißer Suppe, anheimelnde Schwaden schweben über der Tasse und versprechen wärmenden Genuss. Die Dampflok zieht einen eindrucksvollen Wolkenschweif hinter sich her, und manche Industrieschlote sehen aus wie „Wolkenfabriken".

Die erdnahe Wolkenbildung funktioniert aber auch bei kühlen Temperaturen. Im Schwimmbad wabert an kalten Tagen Dampf über dem Außenbecken, und über kalte Seen ziehen Nebelschwaden. Es kommt immer nur auf den Temperatur*unterschied* zwischen der Wasseroberfläche und der Luft darüber an: Warme Luft hält viele Wassermoleküle in der Schwebe, kalte weniger. Sinkt die Lufttemperatur im Kontakt mit einer kühlen Oberfläche, kann die Luft das Wasser nicht mehr halten, man sagt: Sie ist übersättigt, und das Wasser kondensiert zu kleinen Tröpfchen. Kalte Luft ist schwerer als warme und sinkt ab. Daher kann man in der Abendkühle draußen in der Landschaft manchmal wunderschön beobachten, wie sich der Nebel aus den Bodensenken hebt, weil die kalte Luft darin zusammenfließt: „... und aus den Wiesen steiget der weiße Nebel wunderbar".

Caspar David Friedrich, der romantische Maler schlechthin, stieß mit seinen Nebelbildern in der Kritik auf Unverständnis. „Unleugbar erscheint die Natur bisweilen so, aber dann ist sie nicht malerisch; eine Viertelstunde später, wenn sich diese Nebelkappe hebt oder senkt, wäre erst ein Bild daraus geworden", schrieb ein Rezensent. „Der Morgen", Öl auf Leinwand, um 1821

Das klingt romantisch, und tatsächlich wurde in der Malerei-Epoche, die man „Romantik" nennt, der Nebel entdeckt. Welch ein Kontrast zur seinerzeit konventionellen und anerkannten Kunst, etwa der scharf konturierten, glasklaren (und doch nicht selten erlogenen) Historienmalerei! „Ich glaube nur, was ich sehe"? In der Romantik verschwimmen Farben und Konturen, es erwacht die Lust am Schemenhaften. Nicht selten liegt die Aussage des Bildes mehr im Unsichtbaren als im Sichtbaren. Die Malerei erobert die neue Dimension des Unbestimmten und Veränderlichen, das sich nicht greifen und nicht halten lässt, das unverfügbar bleibt. Hinter mystischen Schleiern entfaltet sich ein neues Bild der Welt. Sie wäre ärmer ohne den Nebel.

Reinhard Jensen

Von Möpsen und Menschen

Zur Erinnerung an Loriot, der vor 99 Jahren geboren wurde

Einzeln aufgehängte und kreuzweise verspannte Federmuffen": Wem kommt da nicht gleich Herr Hallmackenreuther in den Sinn, jener Bettenverkäufer, der das ältere Ehepaar (Loriot und Evelyn Hamann) so beflissen berät: Eine „Schlaf-Sitz-Garnitur" oder eine „Couch-Dreh-Kombination" oder das „klassische Horizontal-Ensemble?", woraufhin der Kunde verwirrt antwortet: „Wir schlafen im Liegen."

„Ein Klavier, ein Klavier!" oder das typische tonlose „Ach" – hierzulande gibt es wohl kaum jemanden, zumindest in der Altersklasse fünfzig plus, der oder die nicht wenigstens ein Zitat aus einem seiner Sketche, Trick- oder Spielfilme parat hat: Loriot, am 12. November 1923 geboren unter dem Namen Bernhard-Victor Christoph-Carl von Bülow. Der Sprössling eines alten mecklenburgischen Adelsgeschlechts hatte zunächst, wie in seiner Familie üblich, die militärische Laufbahn eingeschlagen, nach dem Krieg aber Malerei und Grafik studiert. Seine Karriere als Loriot (französisch für Pirol, das Wappentier der von Bülows) begann 1950 mit

In Loriots Geburtsort Brandenburg an der Havel gelegentlich anzutreffen: der „scheue Waldmops"

Berlin, Waldfriedhof Heerstraße: Mit Quietscheentchen auf Loriots Grabstätte erweisen Fans dem Verstorbenen die Ehre – in Erinnerung an den bekannten Sketch „Herren im Bad"

der Erfindung der berühmten Knollennasenmännchen, doch es brauchte eine ganze Weile, bis die Menschen den spezifischen Loriot-Humor verstanden. Später war er auch als TV-Moderator, Schauspieler und Regisseur unterwegs.

Viele Loriot-Sketche folgen dem bewährten Comedy-Muster „von der Ordnung ins Chaos". Entweder entgleist eine Situation atmosphärisch und lässt etwa den schönen Vorsatz, einen „Kosakenzipfel" brüderlich zu teilen, ins Gegenteil umschlagen, oder eine ganze Zimmereinrichtung wird zerlegt („Das Bild hängt schief"). Wir kennen diese Dramaturgie von den Dick-und-Doof-Kurzfilmen der Dreißigerjahre, aber die Idee ist noch viel älter. „Mit kühnem Mut aus seinem Bett / schwingt sich der Turner Hoppenstedt", reimte schon Wilhelm Busch und ließ seinen Helden am Ende durch die Dielen brechen und das Frühstücksidyll eine Etage tiefer im Durcheinander enden. Es ist nicht auszuschließen, dass sich Loriot mit dem urkomischen TV-Sketch „Weihnachten bei Hoppenstedts" auf seine Weise bei seinem humoristischen Vorgänger bedankt hat.

Bleibt noch der Mops. In Loriots Werk ist er prominent vertreten. Loriot hatte selbst einen. Am Ende weiß man nicht so recht, ob sein berühmtestes Bonmot ausnahmsweise ganz ernst gemeint war: „Ein Leben ohne Mops ist möglich, aber sinnlos."

Mirjam Weiss

Herzzerreißend

Am 16. November ist Buß- und Bettag

Zerreißt eure Herzen und nicht eure Kleider und kehrt um zu dem Herrn, eurem Gott!

Joel 2,13

Im alten Israel war es üblich: Als Zeichen der Buße und Reue wurden die Kleider zerrissen. Ein demonstrativer Akt, um deutlich zu machen: Ich bin wirklich verzweifelt darüber, was geschehen ist, und will mich ändern.

Allerdings – allzu oft bleibt es bei der äußerlichen Tat, während sich innerlich gar nichts tut. Deshalb hält der Prophet all denen, die ihre kritische Selbsterkenntnis mit dramatischer Geste nach außen tragen, seine ironische Aufforderung zu wirklichem Wandel entgegen. Denn er weiß: Es ändert sich nur dann etwas, wenn sich wirklich etwas ändert.

Das ist bis heute so geblieben. Bis heute gibt es die demonstrativen Akte der Reue, die Lippenbekenntnisse vor laufenden Kameras und eingeschalteten Mikrofonen, die nur so von Einsicht triefen, aber nicht wirklich etwas bewegen. Es muss sich eben innerlich etwas bewegen, das „Herz", wie der Prophet sagt. Da muss die Reue ankommen, nicht in nur äußerlich „herzzerreißenden" Auftritten.

Wer wirklich etwas ändern will, der muss sich innerlich auf Gott ausrichten. Denn Gottes Gebot weist den Weg zum Leben und Gottes Liebe gibt die Kraft, diesen Weg zu gehen.

Mathias Lenz

Salz der Erde

Vom weißen Gold

Salzburg, Salzkammergut, Schwäbisch Hall, Salzgitter, Bad Salzuflen, Halle in Westfalen oder an der Saale – das Salz (oder die salzbezogene Silbe „hall“) im Namen von Städten oder Regionen ist ein Indiz, wie bedeutend es einmal gewesen ist. Wichtig ist es ja immer noch, aber heute so selbstverständlich, dass wir es eigentlich erst bemerken, wenn es im Essen fehlt oder wenn zu viel davon verwendet wurde.

Man nannte es das „weiße Gold“, dabei ist es als Rohstoff längst nicht so knapp wie das Edelmetall. Nur war seine Gewinnung sehr aufwendig: An den Meeresküsten gab es Salzgärten, in die das salzige Wasser geleitet wurde, wo es dann unter der Sonneneinstrahlung verdunstete und das Salz freigab. Im Landesinneren bewirtschaftete man Salzbergwerke. Das Rohsalz wurde in Wasser gelöst, die Sole in Metallpfannen gelenkt und zum Sieden gebracht, bis nur noch das Salz übrig blieb.

Die wohl wichtigste Entdeckung rund um das Salz war seine lebensmittelkonservierende Wirkung. Dies eröffnete neue Möglichkeiten der Vorratshaltung – man denke nur an Salzgurken oder Salzheringe – und beflügelte den Handel mit verderblicher Nahrung über weite Distanzen, was auch militärstrategisch genutzt wurde: Nun konnten ausgedehnte Winterfeldzüge durchgeführt werden; auch gehörte die Vernichtung von gegnerischen Salzvorkommen zu kriegerischen Etappenzielen, um den Feind zu schwächen. Noch im

Die Kapelle im Salzbergwerk von Wieliczka unweit Krakau wurde von Bergleuten in einem verlassenen Salzabbauraum eingerichtet. Der Kronleuchter besteht aus Salzkristallen

amerikanischen Bürgerkrieg wurden Salzvorräte systematisch unbrauchbar gemacht.

Angeblich ist auch die Erfindung der Steuer aufs Salz zurückzuführen. Gewinnung, Handel und Transport auf den Salzstraßen wurden mit Steuerabgaben belegt, die so manches Herrscherhaus mächtig gemacht haben und denen Städte wie München, Rom, Warschau und sogar Timbuktu ihren Reichtum verdanken.

Nur etwa drei Prozent des jährlich gewonnenen Salzes landen heute im Essen. Den Löwenanteil verbraucht die Industrie: Die Herstellung von Glas, Kunststoff und Aluminium schluckt rund 85 Prozent. Verglichen mit vielen anderen natürlichen Rohstoffvorkommen wird uns das Salz sicher nicht ausgehen. Würde man alle Ozeane austrocknen, bliebe auf drei Fünfteln der Erdoberfläche eine rund 36 Meter dicke Salzschicht übrig.

Silvia Friese

Großmutters letzter Brief

Abschiedsgedanken zum Ewigkeitssonntag

Liebe Sarah,
bei deinem letzten Besuch war ich sehr krank und schwach. Ängstlich hast du mich betrachtet und gefragt: „Oma, wirst du bald wieder gesund?"

Ich will dir ehrlich sagen, dass ich diese Welt bald verlassen muss.

Ich gehe nicht gerne, weil ich dich und deine Eltern sehr lieb habe. Und wer geht schon gerne weg von Menschen, die einem so sehr ans Herz gewachsen sind. Aber der liebe Gott ruft mich und ich gehe zu ihm. Ich hoffe, dort viele Menschen wiederzutreffen, die mir in meinem Leben etwas bedeutet haben.

Nur der Übergang von diesem Leben in ein anderes fällt uns Menschen schwer und macht uns bange und beklommen. Denn alles Neue, Ungewisse ist mit vielen Fragen und Ängsten verbunden.

Nun wirst du sagen: Warum musst du denn gehen? Ich will versuchen, es dir zu erklären.

Als du noch im Bauch deiner Mutter warst, ging es dir sehr gut. Es war warm und gemütlich. Du hattest zu essen und zu trinken, wurdest geschaukelt und gewiegt und fühltest dich herrlich geborgen.

Aber dein Aufenthalt dort war nur für eine begrenzte Zeit möglich.

Durch einen engen, dunklen Geburtskanal musstest du in eine andere Welt wechseln. Ob dir dort Ungemach und Kälte, Angst und Schmerzen drohen würden, oder ob dort jemand dich lieb haben und behüten würde, das wusstest du nicht.

Und als der Tag der Geburt kam, die Wehen dich unaufhaltsam hinaustrieben aus deiner Geborgenheit, da hast du dich gefürchtet und bist mit einen Schrei in diese neue Welt gekommen.

Nun also bin ich auf dem Weg, dem Weg in eine andere Welt. Sicher werde ich mich in der Dunkelheit des Todes fürchten, aber ich glaube fest, dass mich auf der anderen Seite – genau wie dich nach deiner Geburt – viel Liebe und wärmendes Licht erwarten.

Ich wünsche dir von Herzen alles Gute und bitte dich: Fürchte dich nicht in dieser Welt. Hab Mut und Vertrauen und zweifle nicht daran, dass nach diesem Leben nicht alles zu Ende sein wird, sondern eine neue schöne Zeit auf uns wartet.

Gott schütze dich.

In Liebe, deine Großmutter

Ursula Berg

Dezember

Dann wird unser Mund voll Lachens und unsre Zunge voll Rühmens sein.

Psalm 126,2

Reinheit, Chaos, Verwandlung

Eis und Schnee

Weiße Weihnacht – das ist alle Jahre wieder ein Traum, geträumt von den Kindern und von dem Kind in uns. Allzu selten geht er in Erfüllung, es sei denn, man wohnt in den Bergen oder reist zum Fest eigens dorthin. Nur auf Weihnachtsgrußkarten und in Fotokalendern, Monate Dezember und Januar, erfreuen uns noch zuverlässig verschneite Tannen und strahlend weiße Zauberlandschaften. Seit 1942 schallt Bing Crosbys „I'm dreaming of a white Christmas" unvermeidlich aus den Lautsprechern und Radios, doch all diese Beschwörungen nützen nichts. Ein schwacher Trost: Das Ideal der weißen Weihnacht ist schon sehr lange die Ausnahme. In Berlin beispielsweise, obwohl nicht eben der Sonnenwinkel Deutschlands, gab es das seit 1951 nur ganze acht Mal.

Weiße Weihnacht zu Hause, das ist für die meisten von uns nur eine wohlgehütete kostbare Erinnerung aus einer anderen Zeit, ebenso wie die Kindertage mit Rodeln hinterm Haus, Schneeballschlachten

Wenn der Schnee draußen fehlt, kommt er wenigstens ganz dick als Zuckerguss aufs Lebkuchenhaus

und Schneemann bauen, die Neujahrsspaziergänge in weißer Pracht und Schlittschuhlaufen auf dem Weiher. Heute sind wir bescheiden geworden und schon beglückt von blitzendem Raureif am Morgen oder malerisch gefrorenen Pfützen. Aber bitte möglichst nur sonntags, denn allein schon die Ankündigung von Eis und Schnee führt regelmäßig zu allgemeiner Kopflosigkeit bei Autofahrern und entsprechend chaotischen Verkehrsverhältnissen.

Wie kann es sein, dass von etwas so simplem wie gefrorenem Wasser solch ein Zauber ausgeht? Es ist ja nicht nur die verschneite, verwandelte Landschaft, die Schneehäubchen auf jedem Zaunpfosten. Es ist auch das ganz besondere Licht in verschneiten Parks und Straßen und die ganz besondere Stille in schneebedeckter Landschaft. Und das lautlose Fallen der Schneeflocken. Das hat, ganz ohne Kirchenglocken, schon etwas Weihevolles. Und dann sieht der Schneekristall auf dem Ärmel auch noch aus wie ein winziger vom Himmel gefallener Stern.

Gemüt und Physik gehen für die meisten Menschen nicht gut zusammen, aber hier kann es gelingen, denn es gibt Grund zum Staunen. Es beginnt – natürlich – mit den Schneekristallen, diesen filigranen Wunderwerken der Natur. So ein Kristall bildet sich nicht aus sich selbst heraus, sondern er braucht einen „Kern", einen sogenannten „Kristallisationskeim" – ein Staubteilchen, an dem sich winzige Tröpfchen anlagern, und zwar, wegen der gewinkelten Bauart des Wassermoleküls, in perfekter sechseckiger Symmetrie. Aber kein Schneestern gleicht dem anderen.

Auf ihrem Weg von den Wolken zur Erde bleiben Schneekristalle aneinander haften und bilden Schneeflocken. Sie sind dabei so locker gepackt, dass sie bis zu 95 Prozent aus Luft bestehen. Die erst macht das Eis zum fluffigen Schnee. Und der sieht nicht nur aus wie ein Daunenbett, sondern wirkt auch so: Er ist ein guter Wärmeisolator und schützt die Vegetation vor dem Frost.

Diese Vereinigung von Eis und Luft erklärt auch, warum der Schnee tatsächlich – nicht nur „gefühlt" – die Welt still macht: Die Schallwellen werden vom weichen Schnee verschluckt statt reflektiert. Ganz im Gegensatz zum Licht: Es gibt in der Natur keine andere Oberfläche, die so viel Licht reflektiert wie frisch gefallener Schnee. Obwohl Eis durchsichtig ist, erscheint Schnee daher im hellen Sonnenlicht weiß, weil er alle Farben des Spektrums gleich stark zurückwirft.

Das ändert sich von allein, wenn der Schnee länger liegt, zusammensackt und sich dabei verdichtet. Erst dann, wie jeder weiß, taugt er als „Pappschnee" für Schneeballschlachten. Wenn er tagsüber antaut und nachts wieder gefriert, entsteht Harsch. Unter den Schritten splittert dann die Eiskruste, brechendes Kristall. Mit steigenden Temperaturen schließlich macht sich die einstige weiße Pracht als grauer Schneematsch wieder auf den Weg zum Wasser – glitschig, rutschig, gar nicht schön.

Damit nähern wir uns der dunklen Seite des weißen Schnees. Die finsterste heißt: Lawine. Jeden Winter ereilen uns Nachrichten über Opfer – Wintersportler, Schneewanderer, womöglich Bergdörfer. Schnee kann auch lebensbedrohlich sein. Unvergessen sind wohl vielen von uns die schauerlich-spannenden Erzählungen aus Jugendbüchern und Hörspielen, in denen Polarreisende oder Bergsteiger ihren Forscherdrang in Eis- und Schneewüsten mit dem Leben bezahlten. Unsere Vorfahren wussten allerdings auch alltags ein Lied davon zu singen. Sie erlitten ein Ausgeliefertsein, das wir uns heute kaum noch vorstellen können.

Dementsprechend sind Winterstürme in der Literatur Inbild für Grenzsituationen und existenzielle Erschütterung. In Thomas Manns „Zauberberg" gerät die Hauptperson Hans Castorp auf einem Skiausflug in einen Wintersturm und träumt am Rande des Erfrierungstodes seinen berühmten Schneetraum. Kafkas rätsel-

Schnee bedeutet auch Reinheit, Schönheit, Harmonie, Unschuld. Natur und Zivilisation begräbt er gnädig unter seiner Decke. Das Winterlicht schluckt die Konturen, lässt Himmel und Erde eins werden – ein ideales Sujet für die Maler des Impressionismus. Claude Monet, „Schneebedeckte Straße in Argenteuil", Öl auf Leinwand, 1875

haftes Romanfragment „Das Schloss" spielt vor dem Hintergrund einer tief verschneiten, merkwürdig konturlosen Welt, und Adalbert Stifter beschreibt in seiner Erzählung „Vom Bayerischen Walde" die weiße Wildnis als „etwas Furchtbares und großartig Erhabenes". Der Schnee taugt als Metapher für vieles: Reinheit, Erneuerung, aber auch Auslöschung, lebensfeindliches Chaos, Leere, Verwandlung, alles Unschöne bedeckende Harmonie oder gar als „prächtig wärmender Mantel". Das letzte Zitat stammt vom Schweizer Schriftsteller Robert Walser, der später nach einem Herzschlag tot im Schnee aufgefunden wurde. „Schneeflöckchen, Weißröckchen" – das gefrorene Wasser hat viele Gesichter.

Reinhard Jensen

Dämmerstille Nebelfelder

Gedicht zur Winternacht

Dämmerstille Nebelfelder,
schneedurchglänzte Einsamkeit,
und ein wunderbarer weicher
Winterfriede weit und breit.

Nur mitunter, windverloren,
zieht ein Rauschen durch die Welt,
und ein leises Glockenklingen
wandert übers stille Feld.

Wilhelm Lobsien

Königsberg, im Advent 1623

Georg Weissels Lied „Macht hoch die Tür"

Macht hoch die Tür", die Nummer eins im evangelischen Gesangbuch, ist das wohl bekannteste Adventslied überhaupt. Es greift weit zurück in die Geschichte des auserwählten Volkes. Seine erste Strophe zitiert den adventlichen 24. Psalm: „Machet die Tore weit und die Türen in der Welt hoch, dass der König der Ehre einziehe!" (V. 7-10) Einst gingen da die Tore des Tempels auf, und die Bundeslade mit den Gebotstafeln, der Thron des unsichtbaren Gottes, wurde feierlich in den Tempel hineingetragen. Auch der Prophet Sacharja diente dem Lied als Vorlage: „Du, Tochter Zion, freue dich sehr, und du, Tochter Jerusalem, jauchze! Siehe, dein König kommt zu dir, ein Gerechter und ein Helfer" (Sacharja 9,9).

Vom Alten Testament spannt sich der Bogen bis zum Einzug Jesu in Jerusalem, von dem die neutestamentlichen Evangelisten erzählen – und weiter bis in die Adventstage unserer Kindheit, als ein Türchenkalender die Ungeduld beim Warten auf Heiligabend im Zaum hielt.

„Macht hoch die Tür" ist ein Türöffner auch im Hinblick auf seine Entstehung. Anlass für die Komposition war die festliche Einweihung der Altrossgärtner Kirche in Königsberg. Im Advent 1623 sollten sich ihre Pforten zum ersten Mal für die neue Gemeinde öffnen, und für diesen Festakt hat der neu bestallte Gemeindepfarrer Georg Weissel (1590–1635) das Lied geschrieben. Zum protestantischen Gassenhauer wurde es erst über 70 Jahre nach Weissels Tod, als es im sogenannten Freylinghausenschen Gesangbuch zu eben der Melodie fand, die wir heute noch singen.

Besondere Lieder zeitigen besondere Geschichten, und eine davon ist so schön, dass man sie gar nicht oft genug erzählen kann: Zugetragen hat sie sich dem Vernehmen nach 1624, ein Jahr nach der Einweihung des neuen Gotteshauses und der „Uraufführung" des Liedes. Groß war die Freude der Gemeinde an der „eigenen" Kirche. Dies galt vor allem für die Bewohner eines Armen- und Siechenhauses, denen der sonntägliche Fußweg zum Königsberger Dom zu weit gewesen war. Nur einer mochte sich nicht freuen. Der wohlhabende Kaufmann Sturgis hatte einen Steinwurf vom Armenhaus entfernt ein Haus erworben, und ihm war der Anblick der abgerissenen und versehrten Gestalten zuwider, die den Fußweg am Rand seines Anwesens daherliefen oder auf Krücken entlanghumpelten, wenn die Kirche zum Gottesdienst läutete. So erwarb Sturgis kurzerhand die Wiese, über die der Trampelpfad führte, und zog eine hohe Mauer um das Gelände. In Richtung Armenhaus war ein großes Tor in die Mauer eingelassen, das fest verschlossen blieb, und in Richtung Kirche führte eine schmale Pforte direkt auf den Trampelpfad, den Sturgis nun weitgehend für sich hatte, wenn er zur Kirche wollte.

Die Armenhäusler sahen sich nun mit einem weiten Umweg konfrontiert, wollten sie zur Kirche gehen, und den Gebrechlichsten unter ihnen fehlte dazu schlicht die Kraft. Sie baten Pfarrer Weissel um Hilfe, er beriet sich mit den Stadtvätern, doch alle Appelle, das Tor zu öffnen, stießen bei Sturgis auf taube Ohren. So versammelten sich am 4. Advent 1624 die Armenhäusler, der Kirchenchor und Pfarrer Weissel vor dem verschlossenen Tor. Weissel hielt eine Predigt über den Hochmut, der so manchem schon die Herzenstür versperrt habe, sodass Christus bei ihm nicht einziehen könne. Während Weissel so sprach, kam Sturgis aus seinem Haus heraus, lief zum Tor und blieb wie angewurzelt stehen, als er den Pfarrer auf der anderen Seite der Mauer predigen hörte, dass Christus auch heute im Advent vor einem verschlossenen Tor stehe. Dabei sei doch der König der Könige gerade in der Person von Armen und Siechen zu finden. Als der Chor „Macht hoch die Tür, die Tor macht weit!" anstimmte, war beim Kaufmann der Groschen gefallen, und eilig sperrte er das Tor auf. Es wurde nie mehr verschlossen.

Viktor Kreuzer

Besuch im Stall

Hirten und Könige sind keine Gegensätze

Zwei der vier Evangelien berichten von Jesu Geburt und benennen dafür Zeugen: Bei Matthäus sind es die Weisen aus dem Morgenland, die die Tradition später in Könige verwandelt hat; bei Lukas sind es die Hirten.

Sie gelten als Outcasts der Gesellschaft, haben keine feste Bleibe und hüten, was ihnen vermutlich gar nicht gehört. Als nichtsesshafte Landnutzer liegen sie mit sesshaften Landbesitzern in einem uralten Dauerkonflikt. An dessen Anfang steht der Bruderzwist von Kain und Abel, bei dem der Hirte Abel auf der Strecke bleibt.

Die Hirten, von denen Lukas erzählt, haben nicht groß herumdiskutiert oder gar angezweifelt, was ihnen der Engel verheißen hatte. Sie wollten „die Geschichte sehen, die da geschehen ist". „Sie liefen hin" (Gute Nachricht), „eilend" (Luther) bzw. „eilends" (Zürcher Bibel), nach Bethlehem „eilten sie hin" (Einheitsübersetzung), und zwar „so schnell sie konnten" (BasisBibel). Ihre Spontaneität macht sie uns, die wir geneigt sind, alles Mögliche erst mal zu bedenken oder zu hinterfragen, einfach sympathisch.

Nicht Königen oder Propheten oder Schriftgelehrten ist der Engel erschienen, sondern „nur" Hirten. Das ist die eine Seite der Medaille. Die andere Seite stellt die Hirten in eine durchaus ehrwürdige Tradition: Die biblischen Urväter waren Hirten, Mose war Hirte, Gott selbst ist einer: „Der Herr ist mein Hirte", beginnt Psalm 23. Marias Angetrauter Joseph entstammt

In den Hirtengesichtern spiegelt sich das ganze Kaleidoskop der Gefühle: Staunen, Besorgnis und blanke Freude. Gerrit van Honthorst, „Anbetung der Hirten", Öl auf Leinwand, 1622 (Ausschnitt)

dem Geschlecht Davids, bildet also als „Adoptivvater" das Bindeglied zwischen Jesus und einem König, dessen Karriere als Hirtenjunge begann.

Auf den ersten Blick haben Herrscher und Hirten wenig miteinander zu tun. Tatsächlich aber sind beide „Berufsgruppen" eng aufeinander bezogen. Bei Matthäus wird dem König Herodes ein Hirte und bei Lukas wird den Hirten Christus der Herr als Heiland angekündigt. In beiden Ankündigungen steckt eine Gedankenfigur aus Marias Lobgesang, der der Weihnachtsgeschichte vorausgeht: Gott stürzt die Mächtigen vom Thron und erhebt die Niedrigen.

Monika Scharpe

Der Rat des Engels

An der Pforte zum neuen Jahr

Ich sagte zu dem Engel,
der an der Pforte des neuen Jahres stand:
Gib mir ein Licht,
damit ich sicheren Fußes
der Ungewissheit entgegengehen kann!

Aber er antwortete:
Geh nur hin in die Dunkelheit
und lege deine Hand in die Hand Gottes!
Das ist besser als ein Licht
und sicherer als ein bekannter Weg!

Überliefert

im Himmel und auf Erden
bey uns Sein
Christina Dorotea

Chronik

vor 100, 50, 25 Jahren

Kalendarium

2022

Chronik

1922

Vor 100 Jahren wurde der Industrielle Walther Rathenau zum deutschen Außenminister ernannt. Er war Architekt des Vertrags von Rapallo, mit dem die deutsch-sowjetische Annäherung begründet wurde.

1972

Vor 50 Jahren veröffentlichte der Club of Rome seine Studie „Die Grenzen des Wachstums". Seit dieser Zeit sind die desaströsen Auswirkungen der maßlosen Ausbeutung des Planeten Erde im Wesentlichen bekannt. Aber erst in jüngster Zeit, nachdem die Probleme virulent geworden sind, wird dieses Wissen auch in konkrete politische Entscheidungsprozesse einbezogen.

1997

Vor 25 Jahren ging „Der Kinderkanal" von ARD und ZDF erstmals auf Sendung. Mit seinen Spielfilmen, Magazinen und Programmen für Drei- bis Dreizehnjährige genießt der KiKA bei Eltern allein deshalb schon hohes Ansehen, weil er komplett werbefrei sendet.

Januar

Monatsspruch

Jesus Christus spricht:
Kommt und seht! — **Johannes 1,39**

Sa	1	Neujahr	
So	2	2. Sonntag nach dem Christfest	●
Mo	3		
Di	4		
Mi	5		
Do	6	Epiphanias/Hl. Drei Könige	
Fr	7		
Sa	8		
So	9	1. Sonntag n. Epiphanias	☽
Mo	10		
Di	11		
Mi	12		
Do	13		
Fr	14		
Sa	15		
So	16	2. Sonntag n. Epiphanias	
Mo	17		
Di	18		○
Mi	19		
Do	20		
Fr	21		
Sa	22		
So	23	3. Sonntag n. Epiphanias	
Mo	24		
Di	25		☾
Mi	26		
Do	27		
Fr	28		
Sa	29		
So	30	Letzter Sonntag n. Epiphanias	
Mo	31		

Chronik

1922

Vor 100 Jahren erschien in Paris der Jahrhundertroman „Ulysses". Autor James Joyce sagte damals, „dass sich Professoren jahrhundertelang darüber streiten werden, was ich wohl gemeint habe". Tatsächlich füllen die wissenschaftlichen Publikationen über „Ulysses" ganze Bibliotheken. Außerhalb der Universitäten wird man allerdings nur wenige Menschen finden, die das Werk ganz gelesen haben.

1972

Vor 50 Jahren brachte die Firma Hewlett-Packard den HP-35 auf den Markt: Der erste wissenschaftliche Taschenrechner ersetzte den klassischen Rechenschieber und kostete bei Markteinführung 395 Dollar, nach heutiger Kaufkraft rund 2100 Euro. Die Akkuladung hielt bei vollem Betrieb nicht länger als drei Stunden.

1997

Vor 25 Jahren wurde das geklonte Schaf Dolly der Öffentlichkeit vorgestellt. Dolly brachte auf natürlichem Wege mehrere Lämmer zur Welt und starb unerwartet früh an einer Lungenerkrankung.

Februar

Monatsspruch

Zürnt ihr, so sündigt nicht; lasst die Sonne nicht über eurem Zorn untergehen. **Epheser 4,26**

Di	1		●
Mi	2	Mariä Lichtmess	
Do	3		
Fr	4		
Sa	5		
So	6	4. Sonntag vor der Passionszeit	
Mo	7		
Di	8		☽
Mi	9		
Do	10		
Fr	11		
Sa	12		
So	13	Septuagesimä	
Mo	14	Valentinstag	
Di	15		
Mi	16		○
Do	17		
Fr	18		
Sa	19		
So	20	Sexagesimä	
Mo	21		
Di	22		
Mi	23		☾
Do	24		
Fr	25		
Sa	26		
So	27	Estomihi	
Mo	28	Rosenmontag	

Chronik

1922

Vor 100 Jahren beriet der christlich-konservative bayerische Innenminister Franz Xaver Schweyer mit den Fraktionsvorsitzenden der wichtigsten Parteien über die Abschiebung des „staatenlosen" Adolf Hitler. Das einzige Nein kam von der SPD und brachte das Vorhaben zu Fall.

1972

Vor 50 Jahren feierte der US-amerikanische Spielfilm „Der Pate" Premiere. Das Mafia-Epos zählt noch heute zu den künstlerisch bedeutendsten Filmen aller Zeiten. Auch kommerziell war „Der Pate" ein Riesenerfolg. Filmzitate aus der deutschen Synchronfassung – „Ich mache ihm ein Angebot, das er nicht ablehnen kann" oder „Du beleidigst meine Intelligenz" – sind längst in unseren Sprachschatz eingegangen.

1997

Vor 25 Jahren gewann nach Rudi Altig 1968 als erster Deutscher der Radprofi Erik Zabel vom Team Deutsche Telekom den zum 88. Mal ausgetragenen „Frühjahrsklassiker" Mailand-Sanremo.

März

Monatsspruch

Hört nicht auf, zu beten und zu flehen! Betet jederzeit
im Geist; seid wachsam, harrt aus
und bittet für alle Heiligen.

Epheser 6,18

Di	1	Fastnacht	
Mi	2	Aschermittwoch	●
Do	3		
Fr	4	Weltgebetstag der Frauen	
Sa	5		
So	6	Invokavit	
Mo	7		
Di	8		
Mi	9		
Do	10		☽
Fr	11		
Sa	12		
So	13	Reminiszere	
Mo	14		
Di	15		
Mi	16		
Do	17		
Fr	18		○
Sa	19		
So	20	Okuli, Frühlingsanfang	
Mo	21		
Di	22		
Mi	23		
Do	24		
Fr	25		☾
Sa	26		
So	27	Lätare	
Mo	28		
Di	29		
Mi	30		
Do	31		

Chronik

1922

Vor 100 Jahren steuerte die Hungersnot in den Sowjetregionen an der Wolga und am Ural ihrem Höhepunkt zu. Der zurückliegende Bürgerkrieg, Ernteausfälle und politische Fehlentscheidungen verursachten den Tod von geschätzten fünf Millionen Menschen. Durch Hilfsprogramme westlicher Länder konnten zehn Millionen gerettet werden.

1972

Vor 50 Jahren scheiterte ein konstruktives Misstrauensvotum gegen Willy Brandt. Sein Gegner Rainer Barzel stand für die Wahl zum Bundeskanzler zur Verfügung. Aktenfunde aus den Neunzigerjahren weisen darauf hin, dass mindestens zwei Stimmen gegen Barzel durch die DDR-Staatssicherheit gekauft worden waren.

1997

Vor 25 Jahren starb der DDR-Schriftsteller Stephan Hermlin im Alter von knapp 82 Jahren in Berlin. Auf sein lyrisches Werk, das auch im Westen gewürdigt wurde, fällt der Schatten seiner skandalös zusammengeflunkerten Autobiografie „Abendlicht".

April

Monatsspruch

Maria von Magdala kam zu den Jüngern und verkündete ihnen: Ich habe den Herrn gesehen. Und sie berichtete, was er ihr gesagt hatte. Johannes 20,18

Fr	1		●
Sa	2		
So	3	Judika	
Mo	4		
Di	5		
Mi	6		
Do	7		
Fr	8		
Sa	9		☽
So	10	Palmsonntag	
Mo	11		
Di	12		
Mi	13		
Do	14	Gründonnerstag	
Fr	15	Karfreitag	
Sa	16	Karsamstag	○
So	17	Ostersonntag	
Mo	18	Ostermontag	
Di	19		
Mi	20		
Do	21		
Fr	22		
Sa	23		☾
So	24	Quasimodogeniti, Weißer Sonntag	
Mo	25		
Di	26		
Mi	27		
Do	28		
Fr	29		
Sa	30		●

Chronik

1922

Vor 100 Jahren wurde der deutsche Künstler Otl Aicher geboren. Der Mitbegründer der Ulmer Hochschule für Gestaltung erlangte internationale Bekanntheit durch sein System von Piktogrammen, die er für die Olympischen Sommerspiele in München 1972 entwickelte.

1972

Vor 50 Jahren kam die Skirennläuferin Katja Seizinger in Datteln/Westfalen auf die Welt. Mit 36 Weltcupsiegen ist sie eine der erfolgreichsten Athletinnen der Weltcupgeschichte und vor ihrer ebenso bekannten Kollegin Maria Höfl-Riesch die beste Deutsche.

1997

Vor 25 Jahren warf ein Bericht der US-Regierung der Schweiz vor, durch die Annahme von Raubgold der Hauptbankier der Nazis gewesen zu sein. In Misskredit kamen auch Schweizer Banken, die Guthaben und Depots ermordeter Juden stillschweigend einbehalten hatten, anstatt aktiv nach den Erben dieser sogenannten „nachrichtenlosen Vermögen“ zu suchen.

Mai

Monatsspruch

**Ich wünsche dir in jeder Hinsicht
Wohlergehen und Gesundheit,
so wie es deiner Seele wohlergeht.** 3. Johannes 2

So	1	Miserikordias Domini, Maifeiertag	
Mo	2		
Di	3		
Mi	4		
Do	5		
Fr	6		
Sa	7		
So	8	Jubilate, Muttertag	
Mo	9		☽
Di	10		
Mi	11		
Do	12		
Fr	13		
Sa	14		
So	15	Kantate	
Mo	16		○
Di	17		
Mi	18		
Do	19		
Fr	20		
Sa	21		
So	22	Rogate	☾
Mo	23		
Di	24		
Mi	25		
Do	26	Christi Himmelfahrt	
Fr	27		
Sa	28		
So	29	Exaudi	
Mo	30		
Di	31		●

Chronik

1922

Vor 100 Jahren hielt das Bauhaus Einzug in deutsche Wohnungen: Materialgerechtigkeit und Funktionalität bestimmten das Aussehen von Einrichtungsgegenständen, von der Türklinke über Küchengeräte bis zum Mobiliar.

1972

Vor 50 Jahren tagte in Stockholm die erste UN-Konferenz über die Umwelt des Menschen. Sie gilt als Beginn einer internationalen Umweltpolitik. In der Bundesrepublik erhielt der Umweltgedanke mit dem Umweltbundesamt 1974 seinen ersten institutionellen Rahmen. Ein Bundesumweltministerium gibt es seit 1986.

1997

Vor 25 Jahren starb der Franzose Jacques Cousteau im Alter von 87 Jahren. Der ehemalige Korvettenkapitän widmete sein Leben der Fauna und Flora unter Wasser und wurde mit über 100 Dokumentarfilmen weltweit bekannt. Der „Nachfahre Noahs", wie ihn die Franzosen nannten, warnte schon in den Siebzigerjahren vor der Verödung der Meere.

Juni

Monatsspruch

**Lege mich wie ein Siegel auf dein Herz,
wie ein Siegel auf deinen Arm.
Denn Liebe ist stark wie der Tod.** Hoheslied 8,6

Mi	1		
Do	2		
Fr	3		
Sa	4		
So	5	Pfingstsonntag	
Mo	6	Pfingstmontag	
Di	7		☽
Mi	8		
Do	9		
Fr	10		
Sa	11		
So	12	Trinitatis	
Mo	13		
Di	14		○
Mi	15		
Do	16	Fronleichnam	
Fr	17		
Sa	18		
So	19	1. Sonntag n. Trinitatis	
Mo	20		
Di	21	Sommeranfang	☾
Mi	22		
Do	23		
Fr	24	Johannistag	
Sa	25		
So	26	2. Sonntag n. Trinitatis	
Mo	27		
Di	28		
Mi	29	Peter und Paul	●
Do	30		

Chronik

1922

Vor 100 Jahren konnte sich nur ein kleiner Teil der Bevölkerung leisten, was wir heute Urlaub nennen. Organisationen wie die Naturfreunde boten Zeltlager oder Wanderungen an, die Wandervögel, für junge Menschen besonders attraktiv, zogen zu Fuß in die Natur und übernachteten auch gern unter freiem Himmel.

1972

Vor 50 Jahren verbrachte die Hälfte der BRD-Bürger ihren Sommerurlaub in Deutschland, die andere Hälfte reiste nach Österreich, Italien und Spanien. Die meisten benutzten das Auto, es folgte auf der Rangliste das Flugzeug vor der Bahn.

1997

Vor 25 Jahren kamen die „Frühbucherpreise“ der Reiseanbieter in Mode, um dem wachsenden Trend zur Last-minute-Reise entgegenzuwirken. Den Startschuss gab Neckermann mit seinem Spezialkatalog „Family“; umworben wurden vor allem Familien mit schulpflichtigen Kindern mit Pauschalangeboten zur Hauptreisezeit.

Juli

Monatsspruch

**Meine Seele dürstet nach Gott,
nach dem lebendigen Gott.** Psalm 42,3

Fr	1		
Sa	2		
So	3	3. Sonntag n. Trinitatis	
Mo	4		
Di	5		
Mi	6		
Do	7		☽
Fr	8		
Sa	9		
So	10	4. Sonntag n. Trinitatis	
Mo	11		
Di	12		
Mi	13		○
Do	14		
Fr	15		
Sa	16		
So	17	5. Sonntag n. Trinitatis	
Mo	18		
Di	19		
Mi	20		☾
Do	21		
Fr	22		
Sa	23		
So	24	6. Sonntag n. Trinitatis	
Mo	25		
Di	26		
Mi	27		
Do	28		●
Fr	29		
Sa	30		
So	31	7. Sonntag n. Trinitatis	

Chronik

1922

Vor 100 Jahren wurde die deutsche Karikaturistin Marie Marcks geboren. Mit ihren Cartoons entwickelte sie sich zur Vorkämpferin der Frauenbewegung und kritischen Chronistin des linksintellektuellen Milieus in der Bundesrepublik. Als Mitbegründerin der Nonsens-Art prägte sie auch das Werk bildender Künstler wie Martin Kippenberger und Sigmar Polke.

1972

Vor 50 Jahren starb die deutsche Sängerin Lale Andersen. Ihr Millionenerfolg „Lilli Marleen" von 1939 sicherte ihr im amerikanischen Nachrichtenmagazin „Time" einen Platz auf der „Liste der berühmtesten Persönlichkeiten des 20. Jahrhunderts".

1997

Vor 25 Jahren überflutete das Jahrtausendhochwasser weite Landstriche entlang der Oder. In Tschechien und Polen starben über 70 Menschen, die Schäden betrugen allein in Deutschland rund 330 Millionen Euro. Dank seiner Dauerpräsenz im Fernsehen verlieh die Presse dem Brandenburger Innenminister Matthias Platzeck den Spitznamen „Deichgraf".

August

Monatsspruch

Jubeln sollen die Bäume des Waldes vor dem Herrn, denn er kommt, um die Erde zu richten. 1. Chronik 16,33

Mo	1		
Di	2		
Mi	3		
Do	4		
Fr	5		☽
Sa	6		
So	7	8. Sonntag n. Trinitatis	
Mo	8		
Di	9		
Mi	10		
Do	11		
Fr	12		○
Sa	13		
So	14	9. Sonntag n. Trinitatis	
Mo	15	Mariä Himmelfahrt	
Di	16		
Mi	17		
Do	18		
Fr	19		☾
Sa	20		
So	21	10. Sonntag n. Trinitatis	
Mo	22		
Di	23		
Mi	24		
Do	25		
Fr	26		
Sa	27		●
So	28	11. Sonntag n. Trinitatis	
Mo	29		
Di	30		
Mi	31		

Chronik

1922

Vor 100 Jahren wurde Karl-Heinz Köpcke geboren. Das Gesicht des Chefsprechers der „Tagesschau" war für die deutsche Fernsehgemeinde so untrennbar mit der Nachrichtensendung verbunden, dass sie es ihm übelnahm, als er 1974 mit einem Schnurrbart aus dem Urlaub ins Studio zurückkehrte. Köpcke starb 1991 kurz vor seinem 69. Geburtstag.

1972

Vor 50 Jahren besiegte der US-Amerikaner Bobby Fischer nach 21 Partien den Russen Boris Spasski, wurde elfter Schachweltmeister und beendete seine Karriere. 1975 verlor er seinen Titel, weil er sich weigerte, ihn in einem Turnier zu verteidigen. 2008 starb Fischer im Alter von 64 Jahren an den Folgen einer Nierenerkrankung.

1997

Vor 25 Jahren starb Anjezë Gonxhe Bojaxhiu alias Mutter Teresa. Die indische Ordensschwester albanischer Abstammung setzte sich für Leprakranke und Obdachlose ein, erhielt 1979 den Friedensnobelpreis und wurde 2016 von Papst Franziskus heiliggesprochen.

September

Monatsspruch

Gott lieben, das ist
die allerschönste Weisheit.

Jesus Sirach 1,10

Do	1		
Fr	2		
Sa	3		☽
So	4	12. Sonntag n. Trinitatis	
Mo	5		
Di	6		
Mi	7		
Do	8		
Fr	9		
Sa	10		○
So	11	13. Sonntag n. Trinitatis	
Mo	12		
Di	13		
Mi	14		
Do	15		
Fr	16		
Sa	17		☾
So	18	14. Sonntag n. Trinitatis	
Mo	19		
Di	20		
Mi	21		
Do	22		
Fr	23	Herbstanfang	
Sa	24		
So	25	15. Sonntag n. Trinitatis	●
Mo	26		
Di	27		
Mi	28		
Do	29	Michaelistag	
Fr	30		

Chronik

1922

Vor 100 Jahren verbot die deutsche Regierung aufgrund der schlechten Ernährungslage im Deutschen Reich die Verwendung inländischen Zuckers bei der Herstellung von Schokolade, Süßigkeiten und Branntwein.

1972

Vor 50 Jahren erhielt Heinrich Böll den Literaturnobelpreis. Mit Werken wie „Ansichten eines Clowns" oder „Die verlorene Ehre der Katharina Blum" verwandelte er in Literatur, was den Deutschen aktuell unter den Nägeln brannte. Dies ist zugleich der Grund, weshalb er inzwischen kaum mehr gelesen wird: Bölls Themen sind nicht mehr die Themen von heute.

1997

Vor 25 Jahren starb der jüdische Religionswissenschaftler Pinchas Lapide. Er war Wegbereiter des jüdisch-christlichen Dialogs, bemühte sich um die deutsch-israelische Aussöhnung und vermittelte als einer der Ersten zwischen den drei großen Buchreligionen Judentum, Christentum und Islam.

Oktober

Monatsspruch

Groß und wunderbar sind deine Taten, Herr und Gott, du Herrscher über die ganze Schöpfung. Gerecht und zuverlässig sind deine Wege, du König der Völker.

Offenbarung 15,3

Sa	1		
So	2	16. Sonntag n. Trinitatis, Erntedanktag	
Mo	3	Tag d. Dt. Einheit	☽
Di	4		
Mi	5		
Do	6		
Fr	7		
Sa	8		
So	9	17. Sonntag n. Trinitatis	○
Mo	10		
Di	11		
Mi	12		
Do	13		
Fr	14		
Sa	15		
So	16	18. Sonntag n. Trinitatis	
Mo	17		☾
Di	18		
Mi	19		
Do	20		
Fr	21		
Sa	22		
So	23	19. Sonntag n. Trinitatis	
Mo	24		
Di	25		●
Mi	26		
Do	27		
Fr	28		
Sa	29		
So	30	20. Sonntag n. Trinitatis	
Mo	31	Reformationstag	

Chronik

1922

Vor 100 Jahren kam der evangelische Theologe Jörg Zink auf die Welt. Bekannt wurde er als Sprecher des „Worts zum Sonntag" und als Autor Hunderter Bücher zu religiösen Fragen. Bis 2011 zählte Zink immer wieder zu den Stars des Evangelischen Kirchentags – mit Bibelarbeiten, an denen bis zu 15000 Menschen teilnahmen.

1972

Vor 50 Jahren starb der deutsche Architekt Hans Scharoun. Höhepunkte seiner Karriere waren der Bebauungsplan der Siemensstadt in Berlin Ende der Zwanzigerjahre und vor allem die Berliner Philharmonie, die 1963 eingeweiht wurde.

1997

Vor 25 Jahren scheiterte in Schleswig-Holstein der bundesweit erste Volksentscheid über die Wiedereinführung des Buß- und Bettags als gesetzlicher Feiertag. Zur Finanzierung der neu eingeführten Pflegeversicherung hatte man ihn drei Jahre zuvor abgeschafft – ausgenommen in Sachsen, wo stattdessen der Versicherungsbeitrag angehoben wurde.

November

Monatsspruch

Weh denen, die Böses gut und Gutes böse nennen, die aus Finsternis Licht und aus Licht Finsternis machen, die aus sauer süß und aus süß sauer machen! Jesaja 5,20

Di	1	Allerheiligen	☽
Mi	2	Allerseelen	
Do	3		
Fr	4		
Sa	5		
So	6	Drittletzter Sonntag des Kirchenjahres	
Mo	7		
Di	8		○
Mi	9		
Do	10		
Fr	11		
Sa	12		
So	13	Vorletzter Sonntag des Kirchenjahres, Volkstrauertag	
Mo	14		
Di	15		
Mi	16	Buß- und Bettag	☾
Do	17		
Fr	18		
Sa	19		
So	20	Letzter Sonntag des Kirchenjahres, Ewigkeitssonntag	
Mo	21		
Di	22		
Mi	23		●
Do	24		
Fr	25		
Sa	26		
So	27	1. Advent	
Mo	28		
Di	29		
Mi	30		☽

Chronik

1922

Vor 100 Jahren herrschte mit einer Arbeitslosenquote von 1,5 Prozent Vollbeschäftigung im Deutschen Reich. Allerdings waren die Reallöhne so niedrig, dass viele Familien nur überleben konnten, weil in Großstädten öffentliche Speisungen eingerichtet wurden.

1972

Vor 50 Jahren kam die „Nouvelle Cuisine" des französischen Meisterkochs Paul Bocuse in Mode. Sattessen mit Kotelett und Knödeln war gestern; die neue Schlankheitswelle verlangte nach kalorienarmen Gerichten mit hochwertigen Zutaten – jedenfalls sah so der Speiseplan für diejenigen aus, die es sich leisten konnten.

1997

Vor 25 Jahren prägte der Skandal um BSE-verseuchtes Rindfleisch die Schlagzeilen. Die verunsicherten Verbraucher stiegen vorübergehend auf Gemüse um. Als langlebig erwies sich der „Country Burger", den die Fast-Food-Kette Burger King einführte. Er enthielt statt Rindfleisch einen Getreide-Gemüse-Bratling.

Dezember

Monatsspruch

Der Wolf findet Schutz beim Lamm, der Panther liegt beim Böcklein. Kalb und Löwe weiden zusammen, ein kleiner Junge leitet sie. Jesaja 11,6

Do	1		
Fr	2		
Sa	3		
So	4	2. Advent	
Mo	5		
Di	6	Nikolaus	
Mi	7		
Do	8		○
Fr	9		
Sa	10		
So	11	3. Advent	
Mo	12		
Di	13		
Mi	14		
Do	15		
Fr	16		☾
Sa	17		
So	18	4. Advent	
Mo	19		
Di	20		
Mi	21	Winteranfang	
Do	22		
Fr	23		●
Sa	24	Heiligabend	
So	25	1. Weihnachtstag	
Mo	26	2. Weihnachtstag	
Di	27		
Mi	28		
Do	29		
Fr	30		☽
Sa	31	Silvester	

Wichtige Telefonnummern und Adressen

Feuerwehr ______________________ Notruf ____________________

Polizei ____

Hausarzt ____

Zahnarzt ____

Apotheke ____

Pfarrbüro ____

Taxi ____

Kfz-Werkstatt ____

.... ____

.... ____

Bewegliche Feiertage 2022–2024

	2022	2023	2024
Aschermittwoch	2. März	22. Febr.	14. Febr.
Karfreitag	15. April	7. April	29. März
Ostern	17./18. April	9./10. April	31. Mrz./1. Apr.
Christi Himmelfahrt	26. Mai	18. Mai	9. Mai
Pfingsten	5./6. Juni	28./29. Mai	19./20. Mai
Fronleichnam	16. Juni	8. Juni	30. Mai
Erntedankfest	2. Okt.	1. Okt.	6. Okt.
Buß- und Bettag	16. Nov.	22. Nov.	20. Nov.
Ewigkeitssonntag	20. Nov.	26. Nov.	24. Nov.
1. Advent	27. Nov.	3. Dez.	1. Dez.

Ferienkalender 2022

Bundesland	Weihnachten 2021/22	Winter	Frühjahr/ Ostern	Himmelfahrt/ Pfingsten	Sommer	Herbst	Weihnachten 2022/23
Baden-Württemberg	23. Dez. –8. Jan.	–	14.–23. April	7.–18. Juni	28. Juli –10. Sept.	31. Okt. –4. Nov.	21. Dez. –7. Jan.
Bayern	24. Dez. –8. Jan.	–	28. Febr.– 4. März + 11.–23. März	7.–18. Juni	1. Aug. – 12. Sept.	31. Okt. –4. Nov.	24. Dez. –7. Jan.
Berlin	24.–31. Dez.	29. Jan. – 5. Febr.	7. März + 11.–10. Apr.	27. Mai + 7. Juni	7. Juli –19. Aug.	24. Okt. –5. Nov.	22. Dez. –2. Jan.
Brandenburg	23.–31. Dez.	31. Jan. – 5. Febr.	11.–23. April	–	7. Juli –20. Aug.	24. Okt. –5. Nov.	22. Dez. –3. Jan.
Bremen	23. Dez. –8. Jan.	31. Jan. – 1. Febr.	4.–19. April	27. Mai + 7. Juni	14. Juli –24. Aug.	17.–29. Okt.	23. Dez. –6. Jan.
Hamburg	23. Dez. –4. Jan.	28. Jan.	7.–18. März	23.–27. Mai	7. Juli –17. Aug.	10.–21. Okt.	23. Dez. –6. Jan.
Hessen	23. Dez. –8. Jan.	–	11.–23. April	–	25. Juli –2. Sept.	24.–29. Okt.	22. Dez. –7. Jan.
Mecklenburg-Vorpommern	22.–31. Dez.	5.–18. Febr.	11.–20. April	27. Mai + 3.–7. Juni	4. Juli –13. Aug.	10–14. Okt. + 1.–2. Nov.	22. Dez. –2. Jan.
Niedersachsen	23. Dez. –7. Jan.	31. Jan. – 1. Febr.	4.–19. April	27. Mai + 7. Juni	14. Juli –24. Aug.	17.–28. Okt.	23. Dez. –6. Jan.
Nordrhein-Westfalen	24. Dez. –8. Jan.	–	11.–23. April	–	27. Juni –9. Aug.	4.–15. Okt.	23. Dez. –6. Jan.
Rheinland-Pfalz	23.–31. Dez.	21.–25. Febr.	13.–22. April	–	25. Juli –2. Sept.	17.–31. Okt.	23. Dez. –2. Jan.
Saarland	23. Dez. –3. Jan.	21. Febr. – 1. März	14.–23. April	7.–10. Juni	25. Juli –2. Sept.	24. Okt. –4. Nov.	22. Dez. –4. Jan.
Sachsen	23. Dez. –1. Jan.	12.–26. Febr.	15.–23. April	27. Mai	18. Juli –26. Aug.	17.–29. Okt.	22. Dez. –2. Jan.
Sachsen-Anhalt	22. Dez. –8. Jan.	12.–19. Febr.	11.–16. April	23.–28. Mai	14. Juli –24. Aug.	24. Okt. –4. Nov.	21. Dez. –5. Jan.
Schleswig-Holstein	23. Dez. –8. Jan.	–	4.–16. April	27.–28. Mai	4. Juli –13. Aug.	10.–21. Okt.	23. Dez. –7. Jan.
Thüringen	23.–31. Dez.	12.–19. Febr.	11.–23. April	27. Mai	18. Juli –27. Aug.	17.–29. Okt.	22. Dez. –3. Jan.

Alle Angaben ohne Gewähr. Bitte beachten Sie abweichende Regelungen in einzelnen Schulen und Gemeinden.

Textnachweis

Seite 9: Hartmuth Wahnung, Gedanken zur Jahreslosung 2022, © Agentur des Rauhen Hauses Hamburg 2020; **Seite 16:** Sabeth Klinkhammer, Kleider machen Leute, © Agentur des Rauhen Hauses Hamburg 2020; **Seite 18:** Günter Helle, Königsweg zu Gott, © Agentur des Rauhen Hauses Hamburg 2020; **Seite 30:** Mechthild Ruef, Kintsugi, © Agentur des Rauhen Hauses Hamburg 2020; **Seite 32:** Markus Wernitzer, Doktor Luthers getreue Nachfolger, © Agentur des Rauhen Hauses Hamburg 2020; **Seite 43:** Alexandra Roth, Die Sache mit dem Apfelbaum, © Agentur des Rauhen Hauses Hamburg 2020; **Seite 52:** Thomas Bleher, Macht und Ohnmacht, © beim Autor; **Seite 55:** Veronika Bremer, Christus mit der Gasmaske, © Agentur des Rauhen Hauses Hamburg 2020; **Seite 66:** Claudia Margraf, Muttertag und Vatertag, © Agentur des Rauhen Hauses Hamburg 2020; **Seite 68:** Stefan Jassoy, In stiller, wehmutweicher Abendstunde, © Agentur des Rauhen Hauses Hamburg 2020; **Seite 80:** Astrid Meinbrok, Bitte mehr Sonne, © Agentur des Rauhen Hauses Hamburg 2020; **Seite 82:** Robert Huefner, Der Vater des blinden Barden, © Agentur des Rauhen Hauses Hamburg 2020; **Seite 92:** Jochen Maier, Der Duft des Glaubens, © beim Autor; **Seite 102:** Isolde Peterhans, Made in Germany, © Agentur des Rauhen Hauses Hamburg 2020; **Seite 104:** Markus Häfele, Leuchtende Perlen, © beim Autor; **Seite 106:** Antje Rommel, Die Unterhose bei Unterhausen, © Agentur des Rauhen Hauses Hamburg 2020; **Seite 113:** Johannes Siebold, Weißes Hemd statt Schultüte, © Agentur des Rauhen Hauses Hamburg 2020; **Seite 115:** Horst Hufinck, „Sehr gute hygienische Verhältnisse“, © Agentur des Rauhen Hauses Hamburg 2020; **Seite 118:** Leon S. Kaja, Picknick mit Blaskapelle, © Agentur des Rauhen Hauses Hamburg 2020; **Seite 125:** Nicholas Stoll, O die schöngekerbten Knollen!, © Agentur des Rauhen Hauses Hamburg 2020; **Seite 128:** Peter Cordtmann, Kämpfer, Heiliger, Junker, © Agentur des Rauhen Hauses Hamburg 2020; **Seite 140:** Mirjam Weiss, Von Möpsen und Menschen, © Agentur des Rauhen Hauses Hamburg 2020; **Seite 142:** Mathias Lenz, Herzzerreißend, in: Ders.: Dein Wort begleite mich, © Agentur des Rauhen Hauses Hamburg 2011; **Seite 144:** Silvia Friese, Salz der Erde, © Agentur des Rauhen Hauses Hamburg 2020; **Seite 146:** Ursula Berg, Großmutters letzter Brief, © bei der Autorin; **Seite 155:** Viktor Kreuzer, Königsberg, im Advent 1623, © Agentur des Rauhen Hauses Hamburg 2020; **Seite 158:** Monika Scharpe, Besuch im Stall, © Agentur des Rauhen Hauses Hamburg 2020

Sämtliche Texte von Reinhard Jensen © Agentur des Rauhen Hauses Hamburg 2020

Die Orthografie folgt den Regeln der neuen Rechtschreibung, jedoch haben wir, wenn es uns angezeigt schien, Originalzitate und historische Texte im überlieferten Zustand belassen.

Bildnachweis

Titel: © Rainer Sturm/pixelio; **Seite 8:** © Agentur des Rauhen Hauses Hamburg, Jahreslosung 2022, Motiv: Vincent van Gogh, Die Kirche von Auvers, Öl auf Leinwand, © mauritius images/United Archives/WHA; **Seite 10/11 und 164:** © Rita Kochmarjova/stockadobe.com; **Seite 12:** © S. Thomas/pixelio; **Seite 14:** © Forance/stockadobe.com; **Seite 14/15:** © iStockphoto.com/ooyoo; **Seite 20/21:** © Martina/stockadobe.com; **Seite 21:** © sharafmaksumov/stockadobe.com; **Seite 22/23 und 166:** © iStockphoto.com/SolStock; **Seite 29:** © Clemens Worms/stockadobe.com; **Seite 30:** © iStockphoto.com/riya-takahashi; **Seite 31:** © photoBeard/ stockadobe.com; **Seite 34/35 und 168:** © swasdee/stockadobe.com; **Seite 36/37:** © Simona Dibitonto/stockadobe.com; **Seite 41:** © Yvwv [CC BY-SA 3.0]; **Seite 42:** © Halfpoint/stockadobe.com; **Seite 46/47 und 170:** © iStockphoto.com/MivPiv; **Seite 49 oben:** © Fotokruemel/pixelio; **Seite 49 unten:** © by paul/stockadobe.com; **Seite 51:** © fotomarekka/stockadobe.com; **Seite 56/57:** © sergnester/stockadobe.com; **Seite 58/59:** © gudrun/stockadobe.com; **Seite 60/61 und 172:** © iStockphoto.com/Studio Light and Shade; **Seite 62:** © iStockphoto.com/FooTToo; **Seite 64:** © Arthur Palmer/stockadobe.com; **Seite 65 links:** © Brida Anderson [CC BY 2.0]; **Seite 66 oben:** © by-studio/stockadobe.com; **Seite 66 unten:** © iStockphoto.com/AaronAmat; **Seite 67 unten:** © iStockphoto.com/ssj414; **Seite 68/69:** © iStockphoto.com/LexyLovesArt; **Seite 70/71:** © Laura Pashkevich/stockadobe.com; **Seite 72/73 und 174:** © Ivan Uralsky/stockadobe.com; **Seite 75 links:** © Clarini/stockadobe.com; **Seite 75 rechts:** © iStockphoto.com/Wicki58; **Seite 76:** © iStockphoto.com/ FrankvandenBergh; **Seite 77 links:** © iStockphoto.com/ilbusca; **Seite 77 rechts:** © David Ball [CC BY-SA 3.0]; **Seite 78 und 79:** Deckengemälde in der Kirche von Oberseifersdorf, Sachsen, © ErwinMeier [CC BY-SA 4.0]; **Seite 80:** © Ammak/stockadobe.com; **Seite 81:** © Olga Ionina/stockadobe.com; **Seite 83:** © PaulienD_22/stockadobe.com; **Seite 84/85 und 176:** © iStockphoto.com/mzajac; **Seite 86:** © mazolafoto/stockadobe.com; **Seite 88/89:** © yolya_ilyasova/stockadobe.com; **Seite 93:** © wizdata/stockadobe.com; **Seite 94:** © ChristArt/stockadobe.com; **Seite 96/97 und 178:**

© Cora Müller/stockadobe.com; **Seite 98:** © Sabine/stockadobe.com; **Seite 99 oben:** © Maresol/stockadobe.com; **Seite 99 unten:** © K.-U. Häßler/stockadobe.com; **Seite 100 links:** © Quentin Ligier [CC BY-SA 3.0]; **Seite 100 rechts:** © Rilaak [CC BY-SA 2.0]; **Seite 101:** © Tamar Hayardeni [CC BY 3.0]; **Seite 102 oben:** © blende11.photo/stockadobe.com; **Seite 102 unten:** © industrieblick/stockadobe.com; **Seite 106:** © Martin Schlecht/stockadobe.com; **Seite 107 oben:** © Wolkenkratzer [CC BY-SA 4.0]; **Seite 107 unten:** © Danuta B./fotopolska.eu [CC BY-SA 3.0]; **Seite 108/109 und 180:** © Oliv/stockadobe.com; **Seite 110:** © thomas58/stockadobe.com; **Seite 111:** © Patange_/stockadobe.com; **Seite 112:** © massimo maghenzani/stockadobe.com; **Seite 113 oben:** © Thomas Max Müller/pixelio; **Seite 113 unten:** © Irina Schmidt/stockadobe.com; **Seite 120/121 und 182:** © iStockphoto.com/Serjio74; **Seite 122/123:** © Ints/stockadobe.com; **Seite 124 oben:** © kjdowler/stockadobe.com; **Seite 125 oben:** © Asvolas/stockadobe.com; **Seite 125 unten:** © Natika/stockadobe.com; **Seite 126 oben:** © Karen/stockadobe.com; **Seite 126 mittig:** © ElenaMasiutkina/stockadobe.com; **Seite 126/127 unten:** © yanadjan/stockadobe.com; **Seite 130 unten:** Public Domain (Cleveland Museum of Art); **Seite 132/133:** Thuner See, Schweiz, © suteracher/stockadobe.com; **Seite 134/135 und 184:** © Javier brosch/stockadobe.com; **Seite 136/137:** © Mike Mareen/stockadobe.com; **Seite 138:** © Alina Rosanova/stockadobe.com; **Seite 140:** © Ymblanter [CC BY-SA 4.0]; **Seite 141:** © Z thomas [CC BY-SA 4.0]; **Seite 143:** © Mi.Ti./stockadobe.com; **Seite 144:** © jonnysek/stockadobe.com; **Seite 145:** © iStockphoto.com/Pavliha; **Seite 146/147:** © Martina/stockadobe.com; **Seite 148/149 und 186:** © Zeitgugga6897/stockadobe.com; **Seite 150:** © fotosr52/stockadobe.com; **Seite 151:** © Alexey Kljatov/stockadobe.com; **Seite 154/155:** © alexugalek/stockadobe.com; **Seite 157:** © releon8211/stockadobe.com; **Seite 158:** © Alexander Hoffmann/stockadobe.com; **Seite 159 unten:** © Alexander Hoffmann/stockadobe.com; **Seite 160/161:** © Eva/stockadobe.com; **Seite 162/163:** © Blickfang/stockadobe.com. **Alle anderen:** Public Domain

Da die Texte und Bilder für diesen Band über einen längeren Zeitraum hinweg gesammelt wurden, ist es uns möglicherweise nicht in allen Fällen gelungen, die derzeitigen Rechteinhaber zu ermitteln. Ggf. bitten wir Urheber oder Verlage, mit uns Verbindung aufzunehmen.